손에
잡히는 한국어!

韓國語,
一學
就上手!

發音及音韻變化篇

張莉荃
(Angela)

著

學習韓語者必須要了解的音韻變化

　　是不是有很多的朋友，韓語學習了數年，閱讀文章或是書寫時感覺都比較沒有問題，卻在與韓國人對談時，無法完全掌握以及了解到對方所說的字句與語意？亦或是當你在表達時，是否有過對方聽不懂或是會錯意的情形呢？其實這主要的原因就是因為韓語有所謂的「音韻變動」（음운변동）。韓語雖然是表音文字，而且子母音加起來總共也不過是 40 音，不過若是忽略了音變規則的重要性，沒有學習到正確並且較趨於完整的發音以及音變規則，那即使文法再好，也很難讓聽、說、讀、寫並進，實為可惜。

　　「音韻變動」又稱「音韻變化」，是指某些文字的發音，在特定的狀況下會發生的變化，而當發生音變時就會出現文字與讀音不同的情形，因此若要學好韓語，也必須要學習正確的韓語發音以及音韻變化。那麼，什麼時候才要學習音韻變化呢？其實從學習 40 音起，也就是剛開始學習基本的單字時，就是最佳的導入時機！相信很多人都知道，在臺灣通常發音課程一般大多安排 12 至 16 個小時的學習，但一開始若沒有學好，事後欲再矯正時卻需要花上好幾倍的時間，曾經聽過專家們表示，需要約莫 2 年的時間，而且也未必人人皆能達到成效。

　　我是出生於韓國首爾的韓國華僑，自小就受中、韓雙語教育，因此中文、韓語都是我的母語，從事 20 多年韓語教學相關工作，累積了許多韓語翻譯口譯及教學經驗，十分清楚哪些是不可不重視的學習重點。同時我也一直認為，臺灣的韓語學習者一樣可以講出一口流利的標準首爾發音，而「音韻變動」就扮演了一個很重要的角色。也因此，使我想透過這本書，希望能夠帶給更多想接觸韓語的學習者，有學好發音的機會，並且有更好的學習成果。

　　各位手頭上的這一本《韓國語，一學就上手！〈發音及音韻變化篇〉》，是從基礎發音延伸至音變規則，透過單字、例句以及實作練習，整合性的學習

方式，可以一次到位，達到事半功倍的效果，省去很多不必要的摸索時間。它不僅是一本教材，而且也可以當作韓語音變規則的小字典，時常查閱，更是一本很棒的發音導讀，適用於任何一個階段的韓語學習者，無論是初學者，或者是對於想要矯正發音以及了解音變規則的朋友，這一本絕對值得收藏！因為只要發音好、發音正確，也會變得更敢開口說，甚至在面對未來韓檢計畫新增的「口說」科目時，也能輕鬆駕馭，說出一口流利並且標準的韓語。

　　如此一來，無論在旅遊、交流、追劇亦或是工作上，以及未來若從事口譯工作的朋友，皆能發揮所長，做個聽、說標準的韓語通！也就是說，我希望能夠讓大家在學習韓語的過程中，有明確的學習目標，同時能將此目標化做更具體的實際執行力，來學習好韓語。

張莉荃

2021.3

《韓國語，一學就上手！〈發音及音韻變化篇〉》是張莉荃老師根據多年教學經驗，為韓語學習者量身打造的發音學習書。全書不僅帶您認識40音，更能學習9大音韻變化，每單元的學習內容如下：

壹、韓文的由來，子、母音及代表音介紹

韓文的創制原理

詳盡說明母音及子音的創制基礎，讓您了解韓語的構成。

嘴型圖

運用正面嘴型圖，教您以正確的唇型，發出正確的發音。

口腔圖

運用側面口腔圖，告訴您發音是屬於牙音、舌音、唇音、齒音、還是喉音，發音更加明確。

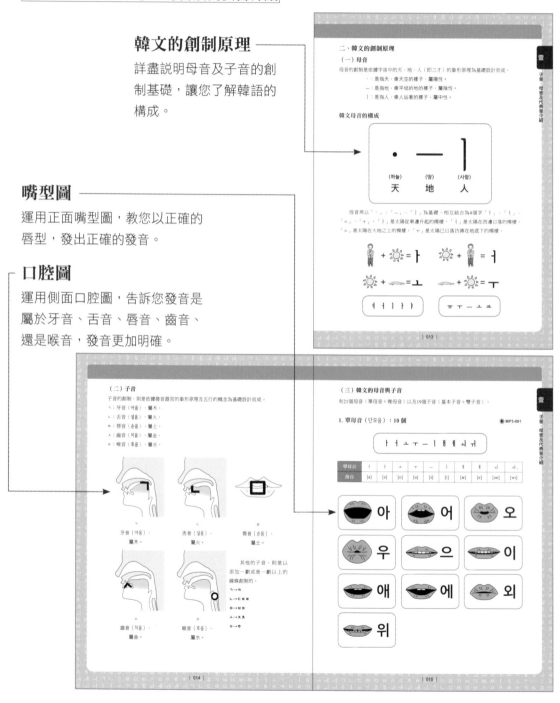

字母習寫

單母音及複合母音皆有習寫,在
書寫中漸漸熟悉韓文字。

音檔

由韓籍名師親錄的發音音檔,邊
聽邊學邊寫,學習最有效率!

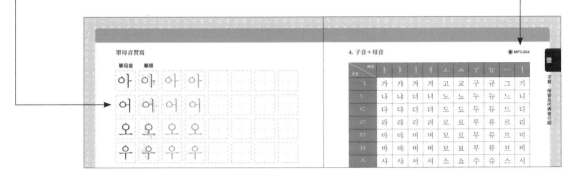

貳、音韻變化規則

音韻變化說明

每個音韻變化的開始,皆有針對該變化規
則的說明,可以在學習前先掌握音韻變化
要點。

單字舉例

每篇音韻變化皆有豐富的單字舉例,藉以
熟悉該音韻變化之形態。

例句

附加大量的例句,搭配音檔,自然而然學
會音韻變化,同時矯正發音。

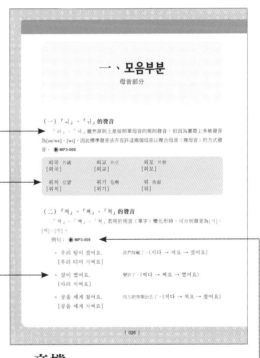

音檔

每個單字及例句,皆有韓籍老師錄音,
邊聽邊唸,脫口就能說出道地的韓語。

動動手,練習一下

透過練習題,寫出正確的發音,不知不覺中,
正確的發音規則就理解了。

參、音韻變化實戰演練

實戰練習 ────────

透過三篇文章做練習，並附有該文章的中
譯內容，邊寫邊唸還能加強閱讀能力！

> **▶ 실전 1 아버지와 아들과 당나귀**
>
> ● 어느 날씨 좋은 날．
>
> ● 아버지와 아들이 장터로 당나귀를 팔러 가고 있었다．
>
> ● 아버지는 당나귀를 타고, 아들은 그 뒤를 따라 걸었다．
>
> ● 길을 가던 그들은 어떤 아주머니를 만났다．
>
> ● "아니, 왜 아버지는 당나귀를 타고 어린 아들은 걸어가는 거지?
>
> ● 아버지가 참 인정머리 없군" 그 말을 들은 아버지는 아들을 당나귀에
>
> | 116 |

附錄

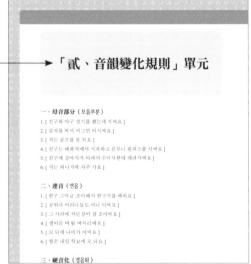

> ### 韓語標準發音法
>
> #### 第1章 總則
>
> **第1項**
> 標準發音法原則上是依據標準語的實際發音，但要以兼顧到國語（韓國語）的傳統性與合理性為原則訂定之。
>
> #### 第2章子 音和 音
>
> **第2項**
> 標準語的子音為以下19個。
> ㄱ ㄲ ㄴ ㄷ ㄸ ㄹ ㅁ ㅂ ㅃ ㅅ ㅆ ㅇ ㅈ ㅉ ㅊ ㅋ ㅌ ㅍ ㅎ
>
> **第3項**
> 標準語的母音為以下21個。
> ㅏ ㅐ ㅑ ㅒ ㅓ ㅔ ㅕ ㅖ ㅗ ㅘ ㅙ ㅚ ㅛ ㅜ ㅝ ㅞ ㅟ ㅠ ㅡ ㅢ ㅣ

韓語標準發音法

附上「韓國文教部」告示「韓語標準發音
法」，不但學習發音，更認識韓語發音規
則的原則。

> ### 「貳、音韻變化規則」單元
>
> **一、母音部分（모음부분）**
> 1.[친구와 야구 경기를 했는데 져써요]
> 2.[감자를 볶어서 머그면 마시써요]
> 3.[저는 골프를 몬 처요]
> 4.[친구는 백화저에서 시게하고 존무니 원피스를 사써요]
> 5.[친구에 강아지가 아파서 수이사한테 데려가써요]
> 6.[저는 퍼니처에 자주 가요]
>
> **二、連音（연음）**
> 1.[한구 그마글 조아해서 한구거를 배워요]
> 2.[공워네 어리니들도 마니 이써요]
> 3.[그 사라메 치딘상이 참 조아써요]
> 4.[생이리 며 뭘 며치리에요]
> 5.[모뒤에 나비가 이써요]
> 6.[형은 내일 학교에 모돠요]
>
> **三、硬音化（경음화）**

解答 ──────

附有全書練習題解答，學完發音後，別忘
了檢測學習成果喔！

CONTENTS 目次

壹

韓文的由來，子音、母音及代表音介紹

一、韓文的由來

　　在韓文被創制以前，韓國所使用的文字也是漢字，當時的韓國跟中國一樣有階級制度，分為兩班（貴族）、平民等階級，而只有貴族才能接受教育，也因此只有貴族才能看懂漢字。

　　直到朝鮮王朝第 4 代皇帝世宗大王，認為當時是藉由漢字標記的文字，與實際上所使用的語言不同，又因一般的平民百姓難以學習及使用漢字，即使遭遇到冤枉之事，也較難解圍，對此深感遺憾，因此決定要創制出人人皆能輕易學習及使用的文字，更讓百姓皆能接受教育。

　　於是，他在 1443 年創制韓文，並於 1446 年 9 月頒布，將新創的文字命名為《訓民正音》（훈민정음），意即教導百姓正確的發音，是極具系統的表音文字。而現今被廣泛使用的「한글」（Hangeul），則是後來由近代言學家周時經（주시경）等所命名。

二、韓文的創制原理

（一）母音

母音的創制是依據宇宙中的天、地、人（即三才）的象形原理為基礎設計而成。

　　　·：是指天，像天空的樣子，屬陽性。

　　　—：是指地，像平坦的地的樣子，屬陰性。

　　　｜：是指人，像人站著的樣子，屬中性。

韓文母音的構成

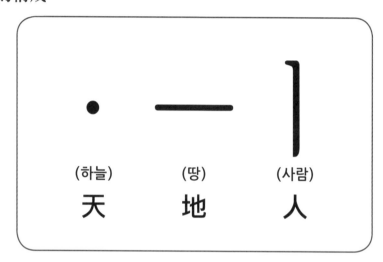

　　母音再以「·」、「—」、「｜」為基礎，相互結合為4個字「ㅏ」、「ㅓ」、「ㅗ」、「ㅜ」。「ㅏ」是太陽從東邊升起的模樣，「ㅓ」是太陽在西邊日落的模樣，「ㅗ」是太陽在大地之上的模樣，「ㅜ」是太陽已日落彷彿在地底下的模樣。

（二）子音

子音的創制，則是依據發音器官的象形原理及五行的概念為基礎設計而成。

ㄱ：牙音（아음），屬木。

ㄴ：舌音（설음），屬火。

ㅁ：唇音（순음），屬土。

ㅅ：齒音（치음），屬金。

ㅇ：喉音（후음），屬水。

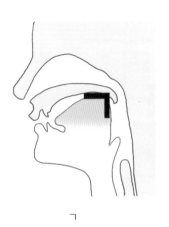

ㄱ

牙音（아음），
屬木。

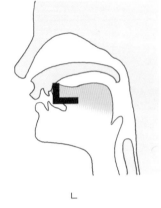

ㄴ

舌音（설음），
屬火。

ㅁ

唇音（순음），
屬土。

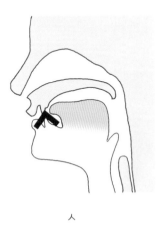

ㅅ

齒音（치음），
屬金。

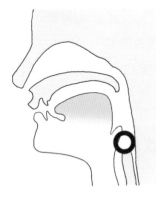

ㅇ

喉音（후음），
屬水。

其他的子音，則是以添加一劃或是一劃以上的線條創制的。

ㄱ→ㅋ

ㄴ→ㄷㅌㄹ

ㅁ→ㅂㅍ

ㅅ→ㅈㅊ

ㅇ→ㅎ

（三）韓文的母音與子音

有21個母音（單母音＋複母音）以及19個子音（基本子音＋雙子音）。

1. 單母音（단모음）：10 個

▶ MP3-001

> ㅏ ㅓ ㅗ ㅜ ㅡ ㅣ ㅐ ㅔ ㅚ ㅟ

單母音	ㅏ	ㅓ	ㅗ	ㅜ	ㅡ	ㅣ	ㅐ	ㅔ	ㅚ	ㅟ
拼音	[a]	[ə]	[o]	[u]	[ɨ]	[i]	[æ]	[e]	[oe]	[wi]

單母音習寫

單母音	筆順						
아	아	아	아				
어	어	어	어				
오	오	오	오				
우	우	우	우				
으	으	으	으				
이	이	이	이				
애	애	애	애				
에	에	에	에				
외	외	외	외				
위	위	위	위				

2. 複合母音（이중모음）：11 個

▶ MP3-002

> ㅑ ㅕ ㅛ ㅠ ㅒ ㅖ ㅘ ㅙ ㅝ ㅖ ㅢ

複合母音	ㅑ	ㅕ	ㅛ	ㅠ	ㅒ	ㅖ
拼音	[ya]	[ye]	[yo]	[yu]	[yæ]	[ye]

複合母音	ㅘ	ㅙ	ㅝ	ㅖ	ㅢ
拼音	[wa]	[wæ]	[wə]	[we]	[ii]

複合母音習寫

複合母音　　筆順

와	와	와	와				
왜	왜	왜	왜				
워	워	워	워				
웨	웨	웨	웨				
의	의	의	의				

3. 子音（자음）：19 個（基本子音＋雙子音） ▶ MP3-003

基本子音	ㄱ	ㄴ	ㄷ	ㄹ	ㅁ
筆順	ㄱ	ㄴ	ㄷ	ㄹ	ㅁ
名稱	기역	니은	디귿	리을	미음
拼音	[k/g]	[n]	[t/d]	[l/r]	[m]

基本子音	ㅂ	ㅅ	ㅇ	ㅈ
筆順	ㅂ	ㅅ	ㅇ	ㅈ
名稱	비읍	시옷	이응	지읒
拼音	[p/b]	[s/sh]	[Ø]	[ch/j]

基本子音	ㅊ	ㅋ	ㅌ	ㅍ	ㅎ
筆順	ㅊ	ㅋ	ㅌ	ㅍ	ㅎ
名稱	치읓	키읔	티읕	피읖	히읗
拼音	[ch]	[k]	[t]	[p]	[h]

基本子音	ㄲ	ㄸ	ㅃ	ㅆ	ㅉ
筆順	ㄲ	ㄸ	ㅃ	ㅆ	ㅉ
名稱	쌍기역	쌍디귿	쌍비읍	쌍시옷	쌍지읒
拼音	[kk]	[tt]	[pp]	[ss]	[jj]

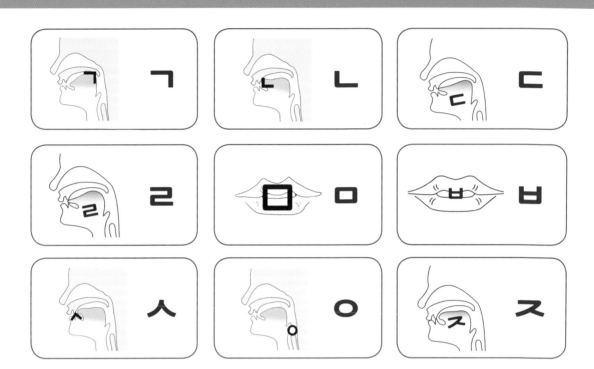

4. 子音＋母音

MP3-004

母音 子音	ㅏ	ㅑ	ㅓ	ㅕ	ㅗ	ㅛ	ㅜ	ㅠ	ㅡ	ㅣ
ㄱ	가	갸	거	겨	고	교	구	규	그	기
ㄴ	나	냐	너	녀	노	뇨	누	뉴	느	니
ㄷ	다	댜	더	뎌	도	됴	두	듀	드	디
ㄹ	라	랴	러	려	로	료	루	류	르	리
ㅁ	마	먀	머	며	모	묘	무	뮤	므	미
ㅂ	바	뱌	버	벼	보	뵤	부	뷰	브	비
ㅅ	사	샤	서	셔	소	쇼	수	슈	스	시
ㅇ	아	야	어	여	오	요	우	유	으	이
ㅈ	자	쟈	저	져	조	죠	주	쥬	즈	지
ㅊ	차	챠	처	쳐	초	쵸	추	츄	츠	치
ㅋ	카	캬	커	켜	코	쿄	쿠	큐	크	키
ㅌ	타	탸	터	텨	토	툐	투	튜	트	티
ㅍ	파	퍄	퍼	펴	포	표	푸	퓨	프	피
ㅎ	하	햐	허	혀	호	효	후	휴	흐	히

5. 子音＋母音＋代表性收尾音

子音＋母音 \ 收尾音	ㄱ	ㄴ	ㄷ	ㄹ	ㅁ	ㅂ	ㅇ
가	각	간	갇	갈	감	갑	강
나	낙	난	낟	날	남	납	낭
다	닥	단	닫	달	담	답	당
라	락	란	랃	랄	람	랍	랑
마	막	만	맏	말	맘	맙	망
바	박	반	받	발	밤	밥	방
사	삭	산	삳	살	삼	삽	상
아	악	안	앋	알	암	압	앙
자	작	잔	잗	잘	잠	잡	장
차	착	찬	찯	찰	참	찹	창
카	칵	칸	칻	칼	캄	캅	캉
타	탁	탄	탇	탈	탐	탑	탕
파	팍	판	팓	팔	팜	팝	팡
하	학	한	핟	할	함	합	항

※ 延伸補充：

MP3-006

終聲為ㄴ或ㅇ時，發音會依母音而有所不同。

終聲＋母音	終聲發音	單字
ㄴ＋ㅏㅑ	ㄢ（類似注音）	안마 按摩
ㄴ＋ㅓㅕㅗㅛ	əɳ	언니 姐姐
ㄴ＋ㅜㅠㅡㅣ	ㄣ（類似注音）	인천 仁川
ㄴ＋ㅐㅔ	_aɳ／_eɳ	펜 筆

終聲＋母音	終聲發音	單字
ㅇ＋ㅏㅑ	ㄤ（類似注音）	강 江
ㅇ＋ㅓㅕㅗㅛㅜㅠㅡㅣ	ㄥ（類似注音）	공항 機場
ㅇ＋ㅐㅔ	_aŋg／_eŋg	선생님 老師

6. 收尾音（받침）（含雙收尾音）

▶ MP3-007

代表音	其他收音	例
ㄱ	ㅋ ㄲ ㄳ ㄺ	책（書）、부엌（廚房）、밖（外面）、넋（魂魄）、닭（雞）
ㄴ	ㄵ ㄶ	인천（仁川）、앉다（坐）、많다（多）
ㄷ	ㅅ ㅈ ㅊ ㅌ ㅎ ㅆ	듣다（聽）、빗（梳子）、빚（債）、빛（光）、꽃（花）、끝（結束）、히읗（ㅎ的名字）、있다（有）
ㄹ	ㄼ ㄽ ㄾ ㅀ	물（水）、여덟（八）、외곬（一昧）、핥다（舔）、잃다（失去）
ㅁ	ㄻ	봄（春天）、닮다（像）
ㅂ	ㅍ ㅄ ㄿ	아홉（九）、옆（旁邊）、없다（沒有）、읊다（朗誦）
ㅇ		방（房間）、공항（機場）、빵（麵包）

收尾音之簡易對照表

代表性收尾音	ㄱ	ㄴ	ㄷ	ㄹ	ㅁ	ㅂ	ㅇ
其他收音	ㄱ ㄲ ㅋ	ㄴ	ㄷ ㅌ ㅅ ㅆ ㅈ ㅊ	ㄹ	ㅁ	ㅂ ㅍ	ㅇ
	ㄳ ㄺ	ㄵ ㄶ	ㄶ ㄼ ㄽ ㄾ	ㄻ		ㅄ ㄿ	

※雙收尾音時，除了 ㄺ[ㄱ] / ㄻ[ㅁ] / ㄿ[ㅂ]發右邊的代表音之外，其餘都是發左邊的代表音。

（上表中粉紅色的部分為代表音）

貳

音韻變化規則

一、모음부분
母音部分

（一）「ㅚ」、「ㅟ」的發音

「ㅚ」、「ㅟ」雖然原則上是按照單母音的規則發音，但因為實際上多被發音為[oe/we]、[wi]，因此標準發音法亦容許這兩個母音以複合母音（複母音）的方式發音。 ▶ MP3-008

외국 外國 [외국]	외교 外交 [외교]	외모 外貌 [외모]
위치 位置 [위치]	위기 危機 [위기]	뒤 後面 [뒤]

（二）「져」、「쪄」、「쳐」的發音

「져」、「쪄」、「쳐」若用於用言（單字）變化形時，可分別發音為[저]、[쩌]、[처]。

例句： ▶ MP3-009

- 우리 팀이 졌어요.　　　　我們隊輸了。（지다 → 져요 → 졌어요）
  [우리 티미 저써요]

- 살이 쪘어요.　　　　變胖了。（찌다 → 쪄요 → 쪘어요）
  [사리 쩌써요]

- 공을 세게 쳤어요.　　　用力把球揮出去了。（치다 → 쳐요 → 쳤어요）
  [공을 세게 처써요]

（三）「ㅖ」的發音

「예」、「례」之外的「ㅖ」也可發音為[ㅔ]。 ▶ MP3-010

시계 鐘錶 [시계/시게]	폐 肺 [폐/페]	지혜 智慧 [지혜/지혜]

例句： ▶ MP3-011

- 시계가 비싸 보이네요.　　　　　手錶看起來很貴耶。
  [시계가 비싸 보이네요]

- 이것들은 다 폐기물이에요.　　　這些都是廢棄物。
  [이걷뜨른 다 폐기무리에요]

- 지혜로운 자가 승자입니다.　　　智者為贏家。
  [지혜로운 자가 승자임니다]

（四）「의」的 3 種發音方法

1. 在字首（單字的第一個字）時，發音為[의]。 ▶ MP3-012

의사 醫生 [의사]	의자 椅子 [의자]	의견 意見 [의견]

例句： ▶ MP3-013

- 의사 선생님이 참 친절하세요.　　醫生很親切。
  [의사 선생니미 참 친절하세요]

- 가방이 의자 위에 있어요.　　　　包包在椅子上面。
  [가방이 의자 위에 이써요]

- 의견이 많았어요.　　　　　　　　意見很多。
  [의거니 마나써요]

2. 在非字首（不是單字的第一個字）時，發音為[이]，若前有終聲音，則會再連音。

▶ MP3-014

회의　會議	편의점　便利商店	수의사　獸醫
[회이]	[편이점]→[펴니점]	[수이사]

例句：　▶ MP3-015

- 내일 오후 두 시에 회의가 있어요.　明天下午兩點要開會。
  [내일 오후 두 시에 회이가 이써요]

- 동생이 수의사예요.　弟弟是獸醫。
  [동생이 수이사예요]

- 편의점에 물건이 많아요.　便利商店裡東西很多。
  [펴니저메 물거니 마나요]

3. 用於所有格時，發音為[에]，不過韓文裡很常省略。另若前有終聲音，則會再連音。　▶ MP3-016

- 우리의 나라　我們的國家。
  [우리에 나라]

- 대만의 음식　臺灣的食物。
  [대만에 음식]→[대마네 음식]

- 한국의 가수　韓國的歌手。
  [한국에 가수]→[한구게 가수]

例句：　▶ MP3-017

- 대만의 버블티가 맛있어요.　臺灣的奶茶很好喝。
  [대마네 버블티가 마시써요]

- 친구의 고향은 아름다워요.　朋友的故鄉很美。
  [친구에 고향은 아름다워요]

- 한국의 드라마를 좋아하세요?　　　你喜歡韓國的連續劇嗎？
  [한구게 드라마를 조아하세요]

（五）「ㅢ」的發音方法

當「ㅢ」與「ㅇ」以外的子音結合時，發音為 [ㅣ]。　▶ MP3-018

무늬　花紋/紋路	희망　希望	띄어쓰기　（韓文書寫上的）空格
[무니]	[히망]	[띠어쓰기]

例句：　▶ MP3-019

- 무늬는 여러 가지가 있어요.　　　有很多種紋路。
  [무니는 여러 가지가 이써요]

- 희망찬 하루입니다.　　　是充滿希望的一天。
  [히망찬 하루임니다]

- 띄어쓰기를 유의하세요.　　　請注意韓文字的空格。
  [띠어쓰기를 유이하세요]

1. 친구와 야구 경기를 했는데 졌어요.   和朋友比賽打棒球，但輸了。

   _____

2. 감자를 쪄서 먹으면 맛있어요.   馬鈴薯蒸來吃，很好吃。

   _____

3. 저는 골프를 못 쳐요.   我不會打高爾夫球。

   _____

4. 친구는 백화점에서 시계하고 꽃무늬   朋友在百貨公司買了手錶和花紋洋裝。
   원피스를 샀어요.

   _____

5. 친구의 강아지가 아파서 수의사한테   朋友的小狗生病了，帶去給獸醫看了。
   데려갔어요.

   _____

6. 저는 편의점에 자주 가요.   我常去便利商店。

   _____

解答 P.154

二、연음
連音

（一）連音1（연음1）：單韻尾的連音（홑받침의 연음）

　　所謂的「單韻尾」，指的是字的終聲只有一個子音，而當終聲後面連接以母音開頭的字（即子音為「ㅇ」）時，終聲便要連音到後面的初聲位置發音。　▶ MP3-020

한국어 韓國語	음악 音樂	어린이 兒童
[한구거]	[으막]	[어리니]

※延伸補充：終聲為「ㅇ」時，不適用連音法則。　▶ MP3-021

영어 英文	장애 障礙	상어 鯊魚
[영어]	[장애]	[상어]

　　例句：　▶ MP3-022

- 저는 매일 한국 음악을 들어요.　　　我每天都聽韓國音樂。
  [저는 매일 한구 그마글 드러요]

- 저는 수요일에 한국어를 배워요.　　我星期三學韓語。
  [저는 수요이레 한구거를 배워요]

- 아이들이 공원에서 놀아요.　　　　　孩子們在公園玩耍。
  [아이드리 공워네서 노라요]

（二）連音 2（연음 2）：雙韻尾（雙收尾音）的連音（겹받침의 연음）

所謂的雙韻尾（雙收尾音），指的是終聲為兩個子音。

1. 當終聲後面連接以母音開頭的字（即子音為「ㅇ」）時，則左側的子音留下不動，而右側的子音要連音到後面的初聲位置發音。　▶ MP3-023

읽어요　唸	밝아요　明亮	짧아요　短
[일거요]	[발가요]	[짤바요]

2. 若終聲為「ㄶ」與「ㅀ」時，因右側的子音「ㅎ」遇到母音（即「ㅇ」）會弱音化而脫落，所以剩下左側的「ㄴ」、「ㄹ」，要連音到後面的初聲位置發音。

　▶ MP3-024

많아요　多	끓어요　煮沸
[만아요]→[마나요]	[끌어요]→[끄러요]

3. 雙末音（「쌍받침」雙胞胎子音）時，「ㄲ」、「ㅆ」要一起連音到後面的初聲位置發音。　▶ MP3-025

있어요　有	깎아요　削
[이써요]	[까까요]

例句：　▶ MP3-026

- 저는 주말에 집에서 책을 읽어요.　　我週末在家看書。
  [저는 주마레 지베서 채글 일거요]

- 대만은 과일이 많아요.　　臺灣水果很多。
  [대마는 과이리 마나요]

- 사장님, 좀 깎아 주세요.　　老闆，算我便宜點吧。
  [사장님 좀 까까 주세요]

（三）連音 3（연음 3）：絕音法則（절음 법칙）

　　當遇到複合的單字（指兩個有個別意思的單字結合成為一個新的單字），或是單字與單字結合時，當前面的單字末端有終聲，而後面所接的單字，其母音為「ㅏ、ㅓ、ㅗ、ㅜ、ㅟ、(ㅓ)」以及部分母音為「ㅣ」字時，不可以直接連音，而必須要先變成代表音之後，再連音。

單字舉例：　▶ MP3-027

單字 音變過程	中文	單字 音變過程	中文	單字 音變過程	中文
밭 아래	田地底下	겉옷	外衣、外套	꽃 위	花上（面）
[받아래]		[건옫]		[꼳위]	
[바다래]		[거돋]		[꼬뒤]	
맛없다	不好吃	헛웃음	假笑	첫인상	第一印象
[맏업따]		[헏우슴]		[천인상]	
[마덥따]		[허두슴]		[처딘상]	
몇 월	幾月	맛있다	好吃	몇 인분	幾人份
[면 월]		[맏읻따]		[면 인분]	
[며 월]		[마딛따]		[며 딘분]	
멋있다	帥				
[먿읻따]					
[머딛따]					

※延伸補充1：「맛있다、멋있다」本應發音為[마딛따、머딛따]，但因習慣上較常發音為[마싣따、머싣따]，因此[마싣따、머싣따]也被承認為標準發音。

※延伸補充2：否定副詞「못」，遇到母音（即「ㅇ」）時，「못」的「ㅅ」要變成代表音後再連音。

單字舉例： ▶ MP3-028

單字 音變過程	中文	單字 音變過程	中文	單字 音變過程	中文	單字 音變過程	中文
못 와요	沒辦 法來	못 외워요	沒辦 法背 起來	못 움직여요	沒辦 法動	못 오면	如果 沒辦 法來
[몯 와요]		[몯 외워요]		[몯 움지겨요]		[몯 오면]	
[모 돠요]		[모 되워요]		[모 둠지겨요]		[모 도면]	

例句： ▶ MP3-029

- 맛없어서 많이 안 먹었어요.　　　因為不好吃，所以就沒有吃很多。
  [마덥써서 마니 안 머거써요]

- 못 오면 미리 얘기하세요.　　　如果不能來，就請事先說。
  [모 도면 미리 얘기하세요]

- 첫인상이 매우 중요합니다.　　　第一印象非常重要。
  [처딘상이 매우 중요합니다]

動動手，練習一下 （因有些音變還沒學到，先以學到的為重點做練習）

1. 한국 음악을 좋아해서 한국어를 배워요.　因為喜歡韓國音樂，所以學韓文。

_____

2. 공원에 어린이들도 많이 있어요.　公園裡也有很多小朋友。

_____

3. 그 사람의 첫인상이 참 좋았어요.　那個人的第一印象非常好。

_____

4. 생일이 몇 월 며칠이에요?　你的生日是幾月幾號？

_____

5. 꽃 위에 나비가 있어요?　花朵上面有蝴蝶嗎？

_____

6. 형은 내일 학교에 못 와요.　哥哥明天不能來學校。

_____

解答 P.154

三、경음화
硬音化

（一）硬音化 1（경음화 1）：ㄱ、ㄷ、ㅂ＋ㄱ、ㄷ、ㅂ、ㅅ、ㅈ

[ㄲ、ㄸ、ㅃ、ㅆ、ㅉ]

終聲代表音		初聲子音		終聲發音		初聲發音
ㄱ、ㄷ、ㅂ	＋	ㄱ、ㄷ、ㅂ、ㅅ、ㅈ	＝	ㄱ、ㄷ、ㅂ	＋	ㄲ、ㄸ、ㅃ、ㅆ、ㅉ

1. 終聲代表音「ㄱ、ㄷ、ㅂ」，後面接初聲子音「ㄱ、ㄷ、ㅂ、ㅅ、ㅈ」時，後面初聲子音的發音會變成硬音[ㄲ、ㄸ、ㅃ、ㅆ、ㅉ]。

單字舉例：▶ MP3-030

單字發音	中文	單字發音	中文	單字發音	中文	單字發音	中文
꽃집 [꼳찝]	花店	낙지 [낙찌]	章魚	낮잠 [낟짬]	午覺	낯설다 [낟썰다]	陌生
덥다 [덥따]	熱	듣다 [듣따]	聽	떡볶이 [떡뽀끼]	炒年糕	맛보다 [맏뽀다]	品嚐
맥주 [맥쭈]	啤酒	먹다 [먹따]	吃	박수 [박쑤]	拍手	밥그릇 [밥끄릍]	飯碗
식당 [식땅]	餐廳	악기 [악끼]	樂器	없다 [업따]	沒有	옆집 [엽찝]	鄰居
읊다 [읍따]	朗誦	읽다 [익따]	唸	있다 [읻따]	有	첫사랑 [천싸랑]	初戀
탑승 [탑씅]	搭乘	하숙방 [하숙빵]	下宿房	학교 [학꾜]	學校	학생 [학쌩]	學生

下列例句中，會將上述硬音化的發音以紅色標記，尚未講解的音變規則，後續將會逐一介紹。

例句： ▶ MP3-031

- 저는 학생 식당에서 밥을 먹어요.　　我在學生餐廳吃飯。
  [저는 학쌩 식땅에서 바블 머거요]

- 학교 옆에 식당이 있어요.　　學校旁邊有餐廳。
  [학꾜 여페 식땅이 이써요]

- 낙지를 좋아하세요?　　喜歡章魚嗎？
  [낙찌를 조아하세요]

- 오늘 첫사랑을 만났어요.　　今天見到了初戀情人。
  [오늘 첟싸랑을 만나써요]

- 내일 아침 아홉 시에 만나요.　　明天早上九點見。
  [내이 라침 아홉 씨에 만나요]

※延伸補充：「리」的代表音雖然原本是[ㄱ]，但是當後面的初聲子音為「ㄱ」時，「리」則發音成[ㄹ]，而後面初聲子音會發音成硬音[ㄲ]。 ▶ MP3-032

읽고 讀	맑게 明亮	읽거나 讀
[일꼬]	[말께]	[일꺼나]

例句： ▶ MP3-033

- 저는 책을 읽고 드라마를 봅니다.　　我看完書之後，再看連續劇。
  [저는 채글 일꼬 드라마를 봄니다]

- 저는 주말에 보통 책을 읽거나 산책을 해요. 我週末通常會看書或散步。
  [저는 주마레 보통 채글 일꺼나 산채글 해요]

動動手，練習一下 （因有些音變還沒學到，先以學到的為重點做練習）

1. 학교에는 외국 학생들도 많아요 .　　　　學校也有很多外國學生。

_____

2. 내일은 날씨가 맑고 비가 오지 않겠습니다 .　明天天氣晴朗不會下雨。

_____

3. 아버지는 낙시를 자주 하십니다 .　　　　爸爸常去釣魚。

_____

4. 생낙지를 먹어 봤습니까 ?　　　　　　　你有吃過生章魚嗎？

_____

5. 지호 씨는 한국 사람이고 미영 씨는
   대만 사람이에요 .　　　　　　　　　　志浩是韓國人，美英是臺灣人。

_____

6. 학교 옆에는 꽃집이 있습니다 .　　　　　學校旁邊有花店。

_____

解答 P.154

(二) 硬音化 2 (경음화 2) ： ㄴ、ㄵ、ㅁ、ㄲ、ㄿ、ㄽ ＋ ㄱ、ㄷ、ㅅ、ㅈ

↓

[ㄲ、ㄸ、ㅆ、ㅉ]

終聲		初聲子音		終聲發音		初聲發音
ㄴ、ㄵ、ㅁ、ㄲ、ㄿ、ㄽ	＋	ㄱ、ㄷ、ㅅ、ㅈ	＝	ㄴ ㅁ ㄹ	＋	ㄲ、ㄸ、ㅆ、ㅉ

1. 當形容詞及動詞的終聲為「ㄴ、ㄵ、ㅁ、ㄲ、ㄿ、ㄽ」，而後面接初聲子音「ㄱ、ㄷ、ㅅ、ㅈ」時，後面初聲子音的發音會變成硬音[ㄲ、ㄸ、ㅆ、ㅉ]。

單字舉例： ▶ MP3-034

單字發音	中文	單字發音	中文	單字發音	中文	單字發音	中文
감다 [감따]	閉；洗；捆	검다 [검따]	黑	굶다 [굼따]	餓肚子	남다 [남따]	留：剩下
넓다 [널따]	寬	넘다 [넘따]	超過：過	삶다 [삼따]	煮	삼다 [삼따]	當作
숨다 [숨따]	躲：藏	신다 [신따]	穿（鞋襪）	앉다 [안따]	坐	옮다 [옴따]	傳播：傳染
젊다 · [점따]	年輕	참다 [참따]	忍耐	핥다 [할따]	舔	얇다 [얄따]	薄

(1) ▶ MP3-035

| | ㄴ | ＋ | ㄷ ㄱ ㅅ ㅈ | | → | | ㄴ | ㄸ ㄲ ㅆ ㅉ |

- 신다　穿

[신따]

신고 → 신습니다 → 신지

[신꼬]　[신씀니다]　[신찌]

(2)

| | ㄵ | ＋ | ㄷ ㄱ ㅅ ㅈ | | → | | ㄴ | ㄸ ㄲ ㅆ ㅉ |

- 앉다　坐

[안따]

앉고 → 앉습니다 → 앉지

[안꼬]　[안씀니다]　[안찌]

（3）

- 검다 黑

  [검따]

  검고 → 검습니다 → 검지

  [검꼬] [검씀니다] [검찌]

（4）

- 닮다 像

  [담따]

  닮고 → 닮습니다 → 닮지

  [담꼬] [담씀니다] [담찌]

（5）

- 넓다 寬

  [널따]

  넓고 → 넓습니다 → 넓지

  [널꼬] [널씀니다] [널찌]

（6）

- 핥다 舐

  [할따]

  핥고 → 핥습니다 → 핥지

  [할꼬] [할씀니다] [할찌]

注意！當動詞為被動與使動動詞的「-기」形態動詞時，並不會發生硬音化。

單字舉例： ▶ MP3-036

單字發音	中文	單字發音	中文	單字發音	中文	單字發音	中文
안기다 [안기다]	抱	넘기다 [넘기다]	翻（頁）	남기다 [남기다]	留下	굶기다 [굼기다]	餓肚子

※ 例外的單字：部分單字的雙韻尾（雙收尾音）雖然是「ㄼ」，但代表音要發 [ㅂ] 而不是 [ㄹ]。

單字舉例： ▶ MP3-037

- 밟다 踩
  [밥따]

  밟고 → 밟습니다 → 밟지
  [밥꼬] [밥씀니다] [밥찌]

- 넓죽하다 寬而長
  [넙쭈카다]

- 넓둥글다 寬圓
  [넙뚱글다]

例句： ▶ MP3-038

- 산에 갈 때 구두를 신지 마세요.　　去山上時，不要穿皮鞋。
  [사네 갈 때 구두를 신찌 마세요]

- 동생은 엄마를 닮지 않았어요.　　妹妹長得不像媽媽。
  [동생은 엄마를 담찌 아나써요]

- 개가 그릇을 핥고 있어요.　　狗在舔碗。
  [개가 그르슬 할꼬 이써요]

- 방이 아주 넓습니다.　　房間很寬廣。
  [방이 아주 널씀니다]

- 굶지 마세요.　　不要餓肚子。
  [굼찌 마세요]

動動手，練習一下 (因有些音變還沒學到，先以學到的為重點做練習)

1. 어제 산 신발을 신고 학교에 갔어요.　　穿著昨天買的鞋子去學校了。

_____

2. 동생은 머리를 감고 말리지도　　弟弟洗完頭，沒吹乾就出門了。
　 않고 그냥 나갔어요.

_____

3. 여동생은 맨날 베개를 안고 자요.　　妹妹每天都抱著枕頭睡覺。

_____

4. 아침 식사가 중요하니까 굶지 마세요.　　早餐很重要，所以不要餓肚子。

_____

5. 고기를 너무 오래 삶지 마세요.　　肉不要煮太久。

_____

6. 이제는 젊지 않아요.　　現在不年輕了。

_____

解答 P.155

（三）硬音化 3（경음화 3）：ㄹ/을/울/일＋ㄱ、ㄷ、ㅂ、ㅅ、ㅈ

$$\downarrow$$

$$[ㄲ、ㄸ、ㅃ、ㅆ、ㅉ]$$

代入文法之		初聲子音		代入文法之		初聲發音
ㄹ/을/울/일	＋	ㄱ、ㄷ、ㅂ、ㅅ、ㅈ	＝	ㄹ/을/울/일	＋	ㄲ、ㄸ、ㅃ、ㅆ、ㅉ

　　當動詞、形容詞代入「ㄹ/을/울」文法（含冠形詞），或是名詞代入「일」文法，且後面所接的初聲子音為「ㄱ、ㄷ、ㅂ、ㅅ、ㅈ」時，後面初聲子音的發音會變成硬音 [ㄲ、ㄸ、ㅃ、ㅆ、ㅉ]。

　　V 或 A 或 N 代入以「ㄹ/을/울/일」開頭的文法舉例：　▶ MP3-039

句子	中文	句子	中文
할 거예요.	要做	할 수 있어요.	會做
[할 꺼예요]		[할 쑤 이써요]	
할 것을…	要做的……	운전할 줄 몰라요.	不會開車
[할 꺼슬]		[운전할 쭐 몰라요]	
할 도리	要盡的本分	예쁠 거예요.	應該很漂亮
[할 또리]		[예쁠 꺼예요]	
할 생각이에요.	打算要做	살 것이 있다.	有要買的東西
[할 쌩가기에요]		[살 꺼시 읻따]	
비가 올 거예요.	可能會下雨	어려울 듯해요.	好像很難
[비가 올 꺼예요]		[어려울 뜨태요]	
갈 데가 없다.	沒地方去	같이 갈 분이 없어요.	沒有可以一起去的人
[갈 떼가 업따]		[가치 갈 뿌니 업써요]	
있을 데가 없다.	沒有地方可以待	함께 일하면 좋을 분이세요.	是很適合一起工作的人
[이쓸 떼가 업따]		[함께 일하면 조을 뿌니세요]	
갈 곳	要去的地方	배울수록 재미있어요.	越學越有趣
[갈 꼳]		[배울쑤록 재미이써요]	
만날 사람.	要見面的人	가수일 거예요.	應該是歌手
[만날 싸람]		[가수일 꺼예요]	

例句： ▶ MP3-040

- 살 것이 많아서 시장에 가려고 해요. 因為要買的東西很多（要買很多東
  [살 꺼시 마나서 시장에 가려고 해요] 西），所以想要去市場。

- 주말에 뭘 할 거예요? 週末要做什麼？
  [주마레 뭘 할 꺼예요]

- 오후에 비가 올 거니까 下午會下雨，（所以）請帶著雨傘出門。
  [오후에 비가 올 꺼니까
  우산을 챙겨 가세요.
  우사늘 챙겨 가세요]

- 한국어는 배울수록 재미있어요. 韓文越學越有趣。
  [한구거는 배울쑤록 재미이써요]

- 수미 씨 동생도 예쁠 거예요. 秀美的妹妹應該也很漂亮。
  [수미 씨 동생도 예쁠 꺼예요]

動動手，練習一下 （因有些音變還沒學到，先以學到的為重點做練習）

1. 저는 한국어를 할 수 있어요 .　　　　我會說韓文。

_____

2. 친구는 한국어를 할 줄 몰라요 .　　　朋友不會說韓文。

_____

3. 내일은 쇼핑하러 갈 거예요 .　　　　明天要去逛街。

_____

4. 한국은 구경할 데가 참 많아요 .　　　韓國有好多地方可以逛。

_____

5. 이번 시험은 어렵지 않을 거예요 .　　這次考試應該不難。

_____

6. 내일 만날 사람은 수미 씨예요 .　　　我明天要見的人是秀美。

_____

解答 P.155

（四）硬音化 4（경음화 4）：固有語

固有語的音變變化，會有下列幾種情況：

1. 連在其他單字後面形成一個單字時，固定會變成硬音。
2. 連在其他單字後面形成一個單字時，有些單字變硬音，有些單字不會變化。
3. 其他。

1. 固有語 1 －音變單字 1： ▶ MP3-041

	單字發音	中文	單字發音	中文
가	강 - 가 [강까]	江邊	길 - 가 [길까]	路邊
	눈 - 가 [눈까]	眼的周圍		
가락	발 - 가락 [발까락]	腳趾	손 - 가락 [손까락]	手指
가루	콩 - 가루 [콩까루]	豆粉	밀 - 가루 [밀까루]	麵粉
	쌀 - 가루 [쌀까루]	米粉		
감	대통령 - 감 [대통녕깜]	總統人選	장군 - 감 [장군깜]	將才
	신랑 - 감 [실랑깜]	新郎人選	장난 - 감 [장난깜]	玩具
값	껌 - 값 [껌깝]	小錢	술 - 값 [술깝]	酒錢
	쌀 - 값 [쌀깝]	米價	담뱃 - 값 [담뱁깝]	香菸價
거리	구경 - 거리 [구경꺼리]	可逛的	고민 - 거리 [고민꺼리]	苦惱事
	근심 - 거리 [근심꺼리]	煩心事	반찬 - 거리 [반찬꺼리]	做菜材料

單字發音	中文	單字發音	中文
콩 - 국 [콩꾹]	豆漿	콩나물 - 국 [콩나물꾹]	豆芽湯
해장 - 국 [해장꾹]	醒酒湯	미역 - 국 [미역꾹]	海帶湯
바람 - 결 [바람껼]	隨風～	살 - 결 [살껼]	皮膚
물 - 결 [물껼]	水波	잠 - 결 [잠껼]	睡夢中
문 - 고리 [문꼬리]	門把	떡 - 고리 [떡꼬리]	糕點箱
발 - 등 [발뜽]	腳背	손 - 등 [손뜽]	手背
눈 - 동자 [눈똥자]	瞳孔	책 - 동자 [책똥자]	策動者
옥 - 동자 [옥똥자]	玉童子		
물 - 동이 [물똥이]	水罐		

국 / 결 / 고리 / 등 / 동자 / 동이

固有語 1－音變單字 2： ▶ MP3-042

	單字發音	中文	單字發音	中文
바닥	땅-바닥 [땅빠닥]	地板	발-바닥 [발빠닥]	腳底
	손-바닥 [손빠닥]	手掌	방-바닥 [방빠닥]	房間地板
볕	봄-볕 [봄뼏]	春天的陽光	돋을-볕 [도들뼏]	曙光
	땡-볕 [땡뼏]	烈日	햇-볕 [핻 뼏] [해 뼏]	陽光
바람	신-바람 [신빠람]	興高采烈	강-바람 [강빠람]	江風
불	등-불 [등뿔]	燈火		
속	굴-속 [굴쏙]	洞內	꿈-속 [꿈쏙]	夢中
	물-속 [물쏙]	水中		
새	산-새 [산쌔]	山鳥	밤-새 [밤쌔]	夜鳥
자리	잠-자리 [잠짜리]	睡舖	술-자리 [술짜리]	酒局
	일-자리 [일짜리]	工作、職缺		
잔	술-잔 [술짠]	酒杯	소주-잔 [소주짠]	燒酒杯
재주	손-재주 [손째주]	手藝	말-재주 [말째주]	口才

	單字發音	中文	單字發音	中文
줄기	강-줄기 [강쭐기]	河流、河道	물-줄기 [물쭐기]	水流、水柱
	빗-줄기 [빈쭐기] [비쭐기]	雨		
짓	눈-짓 [눈찓]	使眼色	몸-짓 [몸찓]	身體動作
	발-짓 [발찓]	動腳	손-짓 [손찓]	手勢

2. 固有語 2 －有些單字會變硬音，有些單字不會變化 ▶ MP3-043

	音變發音			
	單字發音	中文	單字發音	中文
고기	물 - 고기 [물꼬기]	魚	닭 - 고기 [닥꼬기]	雞肉
달	그믐 - 달 [그믐딸]	殘月	초승 - 달 [초승딸]	初月
돈	거스름 - 돈 [거스름똔]	找零	용 - 돈 [용똔]	零用錢
밥	아침 - 밥 [아침빱]	早餐	비빔 - 밥 [비빔빱]	拌飯
방	안 - 방 [안빵]	主臥房	옆 - 방 [엽빵]	隔壁房間
집	빵 - 집 [빵찝]	麵包店	술 - 집 [술찝]	酒館
살	주름 - 살 [주름쌀]	皺紋	등 - 살 [등쌀]	背部肌肉
밤	달 - 밤 [달빰]	月夜		
비	밤 - 비 [밤삐]	夜雨	봄 - 비 [봄삐]	春雨
가게	쌀 - 가게 [쌀까게]	米店	고물가게 [고물까게]	古董店
길	갈림 - 길 [갈림낄]	岔路	눈 - 길 [눈낄]	目光
도둑	좀 - 도둑 [좀또둑]	小偷	밤 - 도둑 [밤또둑]	夜賊

	不做音變			
	單字發音	中文	單字發音	中文
고기	돼지-고기 [돼지고기]	豬肉	불-고기 [불고기]	烤肉
	소-고기 [소고기]	牛肉	날-고기 [날고기]	生肉
달	반-달 [반달]	半月	매-달 [매달]	每月
돈	잔-돈 [잔돈]	零錢		
밥	볶음-밥 [보끔밥]	炒飯	초-밥 [초밥]	握壽司
방	노래-방 [노래방]	練歌房	찜질-방 [찜질방]	汗蒸幕
집	기와-집 [기와집]	瓦房	초가-집 [초가집]	草房
살	군-살 [군살]	贅肉	몸-살 [몸살]	勞累病
밤	야-밤 [야밤]	深夜		
비	이슬-비 [이슬비]	毛毛雨		
가게	구멍-가게 [구멍가게]	小雜貨店		
길	큰-길 [큰길]	大路		
도둑	쌀-도둑 [쌀도둑]	偷米賊	소-도둑 [소도둑]	偷牛賊

例句： ▶ MP3-044

- 길가에 강아지가 있어요.　　　　　　　路邊有小狗。
  [길까에 강아지가 이써요]

- 술잔이 비었어요.　　　　　　　　　　酒杯空了。
  [술짜니 비어써요]

- 술집이 있어서 시끄러워요.　　　　　　因為有酒店，所以很吵。
  [술찌비 이써서 시끄러워요]

- 빵집에 가서 내일 먹을 빵을 샀어요.　去麵包店買了明天要吃的麵包。
  [빵찌베 가서 내일 머글 빵을 사써요]

- 용돈을 다 써 버렸어요.　　　　　　　把零用金都花光了。
  [용또늘 다 써 버려써요]

動動手，練習一下（因有些音變還沒學到，先以學到的為重點做練習）

1. 비빔밥을 좋아하세요 ?　　　　　　　　你喜歡拌飯嗎 ？

_____

2. 안방이 아주 커요 .　　　　　　　　　　主臥房很大。

_____

3. 강바람이 시원하고 좋아요 .　　　　　　江邊風很涼爽很好。

_____

4. 빵집에서 아르바이트를 해서 용돈을 벌어요 . 在麵包店打工賺零用錢。

_____

5. 할머니는 안방에서 텔레비전을 보십니다 .　奶奶在主臥看電視。

_____

6. 물고기가 참 예쁘네요 .　　　　　　　　魚好漂亮耶。

_____

解答 P.155

3. 其他

上述兩種情況之外會音變為硬音的單字，舉例如下。

▶ MP3-045 　　　태권도　跆拳道
　　　　　　　　[태꿘도]

例句：　▶ MP3-046

- 태권도를 할 수 있어요?　　　　你會打跆拳道嗎？
  [태꿘도를 할 쑤 이써요]

- 저는 태권도를 전혀 못해요.　　我完全不會打跆拳道。
  [저는 태꿘도를 전혀 모태요]

▶ MP3-047 　　　김밥　紫菜飯捲
　　　　　　　　[김밥] [김빱]

※這個單字原則上發音為[김밥]，但也可以發音為[김빱]，而通常會發音為[김빱]。

例句：　▶ MP3-048

- 한국의 김밥이 참 맛있습니다.　　韓國的紫菜飯捲很好吃。
  [한구게 김빠비 참 마실씀니다]

- 김밥 두 줄 포장해 주세요.　　我要外帶兩條紫菜飯捲。
  [김빱 두 줄 포장해 주세요]

▶ MP3-049 　　　밤새　整晚 / 整夜
　　　　　　　　[밤쌔] [밤새]

※這個單字通常會發音為[밤새]。

例句：　▶ MP3-050

- 어제 밤새 공부해서 피곤해요.　　昨天唸了一整晚的書，好疲倦。
  [어제 밤새 공부해서 피곤해요]

- 밤새 안 잤으니 피곤하지요.　　整夜沒有睡覺，當然會疲倦。
  [밤새 안 자쓰니 피곤하지요]

動動手，練習一下（因有些音變還沒學到，先以學到的為重點做練習）

1. 태권도는 몇 단까지 있어요 ?　　　　跆拳道總共到幾段呢 ？

_____

2. 수현 씨는 태권도를 아주 잘한대요 .　　聽說秀賢很會打跆拳道。

_____

3. 요새 태권도 배우는 사람이 많다면서요 ?　聽說最近學跆拳道的人很多吧 ？

_____

4. 유미 씨도 김밥을 좋아하세요 .　　　　由美也喜歡紫菜飯捲。

_____

5. 김밥을 만들 수 있으세요 ?　　　　　　你會做紫菜飯捲嗎 ？

_____

6. 김밥도 여러 가지가 있는데요 .　　　　紫菜飯捲也有很多種。

_____

解答 P.156

（五）硬音化 5（경음화 5）：漢字語

漢字語的音變變化，會有以下幾種情況：

1. 當漢字語單字連接在其他單字之後，兩個字形成一個單字時，固定會音變成硬音。
2. 當漢字語單字中，終聲為「ㄹ」，且後面所接初聲子音為「ㄷ、ㅅ、ㅈ」時，後面初聲子音的發音會音變成硬音[ㄸ、ㅆ、ㅉ]。
3. 當漢字語單字連接在其他單字之後，兩個字形成一個單字時，有些單字會變成硬音，有些單字不會產生變化。

1. 漢字語

當漢字語單字連接在其他單字之後，兩個單字形成一個單字時，發音會變成硬音。單字舉例： MP3-051

	單字發音	中文	單字發音	中文
가（價）	물-가（物價）[물까]	物價	원-가（原價）[원까]	原價
	판매-가（販賣價）[판매까]	售價	대-가（代價）[대까]	代價
	현-가（現價）[현까]	現價	정-가（定價）[정까]	定價
	등-가（等價）[등까]	等價	감정-가（鑑定價）[감정까]	鑑定價
권（券）	여-권（旅券）[여꿘]	護照	승차-권（乘車券）[승차꿘]	車票
	입장-권（入場券）[입짱꿘]	門票	증-권（證券）[증꿘]	證券
권（權）	거부-권（拒否權）[거부꿘]	否決權、拒絕權	전-권（全權）[전꿘]	全權

	單字發音	中文	單字發音	中文
권 （權）	채권 （債權） [채꿘]	債權	대-권 （大權） [대꿘]	（治國）大權
과 （科）	안-과 （眼科） [안꽈]	眼科	문-과 （文科） [문꽈]	文科
	치과 （牙科） [치꽈]	牙科	산부인-과 （產婦人科） [산부인꽈]	婦產科
격 （格）	성-격 （性格） [성격]	個性	엄-격 （嚴格） [엄격]	嚴格
	합-격 （合格） [합격]	合格	불합-격 （不合格） [불합격]	不合格
방학 （放學）	봄 방학 （봄放學） [봄 빵학]	春假	겨울 방학 （겨울放學） [겨울 빵학]	寒假
	여름 방학 （여름放學） [여름 빵학]	暑假		
세 （稅）	전기-세 （電氣稅） [전기쎄]	電費	수도-세 （水道稅） [수도쎄]	水費
	재산세 （財產稅） [재산쎄]	財產稅	토지-세 （土地稅） [토지쎄]	土地稅
증 （症）	편식-증 （偏食症） [편식쯩]	偏食症	통-증 （痛症） [통쯩]	疼痛
	불면-증 （不眠症） [불면쯩]	失眠症	우울-증 （憂鬱症） [우울쯩]	憂鬱症

單字發音	中文	單字發音	中文
초-점 （焦點） [초쩜]	焦點	장-점 （長點） [장쩜]	優點
문제-점 （問題點） [문제쩜]	問題點	단-점 （短點） [단쩜]	缺點
한-자 （漢字） [한짜]	漢字	글-자 （字） [글짜]	文字
팔-자 （八字） [팔짜]	八字	식-자 （識字） [식짜]	識字
밥상-보 （밥床褓） [밥쌍뽀]	餐桌布	이불-보 （이불褓） [이불뽀]	被單

例句： ▶ MP3-052

- 입장권이 있어야 들어갈 수 있어요.
  [입짱꿔니 이써야 드러갈 쑤 이써요]

  要有入場券才能進去。

- 단가가 얼마예요?
  [단까가 얼마예요]

  單價是多少？

- 통증이 심하면 약을 드세요.
  [통쯩이 심하면 야글 드세요]

  如果很痛，就（請）吃藥。

- 사람마다 다 장점과 단점이 있습니다.
  [사람마다 다 장쩜과 단쩌미 읻씀니다]

  每個人都有優點與缺點。

- 한자가 조금 어렵습니다.
  [한짜가 조금 어렵씀니다]

  漢字有點難。

2. 漢字語 2

　　當漢字語單字中，終聲為「ㄹ」，且後面所接初聲子音為「ㄷ、ㅅ、ㅈ」時，後面初聲子音的發音會音變成硬音 [ㄸ、ㅆ、ㅉ]。

（1）漢字語單字：ㄹ＋ㄷ　▶ MP3-053

單字發音	中文	單字發音	中文	單字發音	中文	單字發音	中文
갈등 （葛藤） [갈뜽]	糾葛、 衝突	발달 （發達） [발딸]	發達	발동 （發動） [발똥]	發動	출동 （出動） [출똥]	出動
절도 （節度） [절또]	節制	일등 （一等） [일뜽]	第一名	활동 （活動） [활똥]	活動	절대 （絕對） [절때]	絕對
열등 （劣等） [열뜽]	劣等	열등감 （劣等感） [열뜽감]	自卑感	절단 （切斷/ 截斷） [절딴]	切斷、 截斷	절도 （竊盜） [절또]	竊盜
밀도 （密度） [밀또]	密度	설득 （說得） [설뜩]	說服	월동 （越冬） [월똥]	過冬	철도 （鐵道） [철또]	鐵道
탈당 （脫黨） [탈땅]	退黨	혈당 （血糖） [혈땅]	血糖	월등 （越等） [월뜽]	優秀、 卓越	발단 （發端） [발딴]	開端

（2）漢字語單字：ㄹ＋ㅅ　▶ MP3-054

單字發音	中文	單字發音	中文	單字發音	中文	單字發音	中文
말살 （抹殺） [말쌀]	抹殺	몰상식 （沒常識） [몰쌍식]	無知、 愚昧	불소 （弗素） [불쏘]	氟	불세출 （不世出） [불쎄출]	曠世罕見
일시 （日時） [일씨]	日期和 時間	불상 （佛像） [불쌍]	佛像	달성 （達成） [달썽]	達成、 實現	출신 （出身） [출씬]	出身、 身分
발생 （發生） [발쌩]	發生	결석 （缺席） [결썩]	缺席	실수 （失手） [실쑤]	失誤	열심 （熱心） [열씸]	認真

單字發音	中文	單字發音	中文	單字發音	中文	單字發音	中文
몰수 (沒收) [몰쑤]	沒收	칠십 (七十) [칠씹]	七十	팔십 (八十) [팔씹]	八十	일시 (一時) [일씨]	一時
실시 (實施) [실씨]	實施	출석 (出席) [출썩]	出席	밀수 (密輸) [밀쑤]	走私	월세 (月貰) [월쎄]	月租
절상 (折傷) [절쌍]	折傷、 骨折	결산 (決算) [결싼]	決算	탈수 (脫水) [탈쑤]	脫水	발사 (發射) [발싸]	發射
발성 (發聲) [발썽]	發聲	출생 (出生) [출쌩]	出生	일상 (日常) [일쌍]	日常	실속 (實速) [실쏙]	實際速度

（3）漢字語單字：ㄹ＋ㅈ ▶ MP3-055

單字發音	中文	單字發音	中文	單字發音	中文	單字發音	中文
갈증 (渴症) [갈쯩]	渴	실종 (失踪) [실쫑]	失蹤	발전 (發展) [발쩐]	發展	물질 (物質) [물찔]	物質
출장 (出張) [출짱]	出差	일주일 (一週日) [일쭈일]	一週	실직자 (失職者) [실찍짜]	失業者	일지 (日誌) [일찌]	工作日誌
설정 (設定) [설쩡]	設定	일정 (日程) [일쩡]	日程	결정 (決定) [결쩡]	決定	밀접 (密接) [밀쩝]	密切
일제 (日製) [일쩨]	日本製	일제 (一齊) [일쩨]	一律	결재 (決裁) [결째]	決裁、 裁示	결제 (決濟) [결쩨]	結帳、 付款

注意！唯由相同漢字重疊而成的單字，不發硬音。 ▶ MP3-056

如：허허실실 虛虛實實　절절-하다 切切：殷切

[허허실실]　　　　　[절절하다]

例句： ▶MP3-057

- 다음 주에 출장을 가요.　　　　　　下週要出差。
  [다음 주에 출짱을 가요]

- 드디어 목표를 달성했어요.　　　　　終於達到目標了。
  [드디어 목표를 달썽해써요]

- 이번에 반에서 일등을 했어요.　　　　這次考全班第一名了。
  [이버네 바네서 일뜽을 해써요]

- 자주 결석하면 안 됩니다.　　　　　不可以常缺課。
  [자주 결써카면 안 됨니다]

- 회의 시간을 아직 결정하지 않았어요.　還沒決定會議時間。
  [회이 시가늘 아직 결쩡하지 아나써요]

3. 漢字語 3

　　當漢字語單字連接在其他單字之後，兩個字形成一個單字時，有些單字會變成硬音，有些單字不會產生變化。

單字舉例： ▶ MP3-058

	音變發音			
	單字發音	中文	單字發音	中文
병 (病)	눈-병 (眼病) [눈뼝]	眼疾	전염-병 (傳染病) [저념뼝]	傳染病
	화-병 (火病) [화뼝]	氣到生病	위장-병 (胃腸病) [위장뼝]	胃病
병 (瓶)	맥주-병 (麥酒瓶) [맥쭈뼝]	啤酒瓶	소주-병 (燒酒瓶) [소주뼝]	燒酒瓶
기 (氣)	인-기 (人氣) [인끼]	人氣		
법 (法)	문-법 (文法) [문뻡]	文法	사용-법 (使用法) [사용뻡]	使用方法
	헌-법 (憲法) [헌뻡]	憲法	요리-법 (料理法) [요리뻡]	料理方法
성 (性)	가능-성 (可能性) [가능썽]	可能性	전통-성 (傳統性) [전통썽]	傳統性
	합리-성 (合理性) [함니썽]	合理性	도덕-성 (道德性) [도덕썽]	道德性
증 (證)	면허-증 (免許證) [면허쯩]	執照、駕照	신분-증 (身分證) [신분쯩]	身分證明

不做音變			
單字發音	中文	單字發音	中文
병 (病)	발-병 （發病） [발병]	發病	질-병 （疾病） [질병]	疾病
병 (瓶)	유리-병 （琉璃瓶） [유리병]	玻璃瓶	화-병 （花瓶） [화병]	花瓶
기 (氣)	환-기 （換氣） [환기]	換氣 （通風）	감-기 （感氣） [감기]	感冒
법 (法)	방-법 （方法） [방법]	方法	불-법 （不法） [불법/불뻡]	違法
성 (性)	개-성 （個性） [개성]	個性	남-성 （男性） [남성]	男性
	여-성 （女性） [여성]	女性		
증 (證)	영수-증 （領收證） [영수증]	收據	인-증 （人證） [인증]	人證

例句：　▶ MP3-059

- 눈병에 걸렸어요.　　　　　　　　　　患了眼疾。
  [눈뼝에 걸려써요]

- 사용법을 숙지하세요.　　　　　　　　請熟知使用方法。
  [사용뻐블 숙찌하세요]

- 문법이 어려워요?　　　　　　　　　　文法很難嗎？
  [문뻐비 어려워요]

- 신분증을 제시하세요.　　　　　　　　請出示身分證明文件。
  [신분쫑을 제시하세요]

- 면허증을 따려고 해요.　　　　　　　　我想考駕照。
  [면허쫑을 따려고 해요]

動動手，練習一下 （因有些音變還沒學到，先以學到的為重點做練習）

1. 물가가 많이 올랐어요 .　　　　物價漲了很多。

---

2. 한자는 쓰기가 조금 어렵습니다 .　漢字有點難寫。

---

3. 여권을 보여 주세요 .　　　　　請出示護照。

---

4. 사용법을 모르면 설명서를 보세요 .　如果不清楚使用的方法，請看說明書。

---

5. 강다니엘 씨는 인기가 많아요 .　　姜丹尼爾很受歡迎。

---

6. 면허증은 있지만 운전을 잘 못해요 .　我有駕照，但不太會開車。

解答 P.156

（六）硬音化 6（경음화 6）： ᆪ、ᆹ、ᆳ 遇到母音，母音音變為 [ᄊ]

終聲		終聲發音	發音
ᆪ、ᆹ、ᆳ	이/을	ᄀ、ᄇ、ᄅ	씨/쓸

（終聲 ᆪ、ᆹ、ᆳ ＋ 이/을 → 終聲發音 ᄀ、ᄇ、ᄅ ＋ 發音 씨/쓸）

當雙韻尾（雙收尾音）為「ᆪ、ᆹ、ᆳ」，若遇到母音即初聲為「ㅇ」時，發音會音變為[ᄊ]

單字舉例： ▶ MP3-060

雙韻尾	單字發音	中文	單字發音	中文	單字發音	中文
ᆪ	삯이 [삭씨]	工錢	몫이 [목씨]	份（額）	넋이 [넉씨]	魂魄
ᆹ	값이 [갑씨]	價錢	없어요 [업써요]	沒有		
ᆳ	외곬으로 [외골쓰로]	一昧地				

※紅色標記之「이」皆為助詞。

例句： ▶ MP3-061

- 요즘 마스크는 예전보다 값이 좀 비싸요.　　　　最近口罩價格比以前貴。
  [요즘 마스크는 예전보다 갑씨 좀 비싸요]

- 내일은 시간이 없어요.　　　　　　　　　　明天沒有時間。
  [내이른 시가니 업써요]

- 지호 씨는 여자 친구와 헤어진 후　　　　　志浩和女友分手後，
  [지호 씨는 여자 친구와 헤어진 후
  넋이 빠진 것 같아요.　　　　　　　　　　好像魂不守舍的樣子。
  넉씨 빠진 걸 가타요]

- 사장님이 값을 올렸어요.　　　　　　　　老闆提高了價格。
  [사장니미 갑쓸 올려써요]

● 친구는 넋을 잃은 것처럼 학교에도   朋友魂不守舍的連學校都沒去。
 [친구는 넉쓸 이른 건처럼 학꾜에도
  안 가요.
  안 가요]

動動手，練習一下（因有些音變還沒學到，先以學到的為重點做練習）

1. 너무 외곬으로만 생각하지 마세요 .　　　不要太鑽牛角尖。

_____

2. 이건 정민 씨 몫이에요 .　　　這是正民的份。

_____

3. 그 빵은 값이 비싸고 맛없어요 .　　　那個麵包又貴又難吃。

_____

4. 제 친구는 실연을 당한 뒤 맨날 넋이　　　我朋友失戀後，每天都魂不守舍的
   빠진 모습이에요 .　　　樣子。

_____

5. 오늘 시간이 없으면 내일 만납시다 .　　　如果今天沒時間，那就明天見吧。

_____

6. 일하는 시간으로 보면 삯이 좋은 편이에요 .　　　如果以工作時數來看，工錢算不錯。

_____

解答 P.156

（七）硬音化 7（경음화 7）：其他硬音化

1. 當數字「열」（十）和「여덟」（八），後面所接初聲子音為「ㄱ、ㄷ、ㅂ、ㅅ、
   ㅈ」時，後面的初聲子音的發音會音變成硬音 [ㄲ、ㄸ、ㅃ、ㅆ、ㅉ]。

	初聲子音		初聲發音
열/여덟	ㄱ、ㄷ、ㅂ、ㅅ、ㅈ	→ 열/여덟	ㄲ、ㄸ、ㅃ、ㅆ、ㅉ

單字舉例：　▶ MP3-062

單字發音	中文	單字發音	中文	單字發音	中文	單字發音	中文
열 번 [열 뻔]	十次	열 대 [열 때]	十台 十輛	열 개 [열 깨]	十個	열 사람 [열 싸람]	十個人
여덟 번 [여덜 뻔]	八次	여덟 대 [여덜 때]	八台 八輛	여덟 개 [여덜 깨]	八個	여덟 사람 [여덜 싸람]	八個人
열 자루 [열 짜루]	十枝	여덟 자루 [여덜 짜루]	八枝				

例句：　▶ MP3-063

● 여덟 시에 아침을 먹어요. 　　　　　八點吃早餐。
　[여덜 씨에 아치믈 머거요]

● 사과 열 개 주세요. 　　　　　　　請給我十顆蘋果。
　[사과 열 깨 주세요]

● 콜라를 열 병 샀어요. 　　　　　　買了十瓶可樂。
　[콜라를 열 뼝 사써요]

● 우리는 맥주 여덟 병을 마셨어요. 　　我們喝了八瓶啤酒。
　[우리는 맥쭈 여덜 뼝을 마셔써요]

● 냉면 열 그릇을 만들었어요. 　　　　我做了十碗冷麵。
　[냉면 열 끄르슬 만드러써요]

2. 「열쇠」（鑰匙）和「자물쇠」（鎖頭）的「쇠」要音變為硬音[씨]。

▶ MP3-064　　　　열쇠　鑰匙　　　　　　　자물쇠　鎖頭
　　　　　　　　　[열쐬 : 열쒜]　　　　　　[자물쐬 : 자물쒜]

例句：　▶ MP3-065

● 남산에 사랑의 자물쇠가 있어요.　　　南山有愛情鎖。
　[남사네 사랑에 자물쐬가 이써요]

● 열쇠가 참 많네요.　　　　　　　　　鑰匙很多耶。
　[열쐬가 참 만네요]

● 열쇠고리가 예뻐요.　　　　　　　　鑰匙圈很漂亮。
　[열쐬고리가 예뻐요]

● 열쇠를 잃어버리면 안 됩니다.　　　不可以弄丟鑰匙。
　[열쐬를 이러버리면 안 됩니다]

● 열쇠를 안 가지고 왔어요.　　　　　沒帶鑰匙來。
　[열쐬를 안 가지고 와써요]

3. 當終聲代表音「ㅎ」（ㄶ、ㅀ），後面接初聲子音「ㅅ」時，後面初聲子音的發音會音變成硬音[ㅆ]。

單字舉例：　▶ MP3-066

單字發音	中文	單字發音	中文	單字發音	中文	單字發音	中文
좋습니다 [조씀니다]	好	많습니다 [만씀니다]	多	싫습니다 [실씀니다]	不喜歡 不要	닿습니다 [다씀니다]	觸及

例句：　▶ MP3-067

- 사람이 많습니다.　　　　　　　人很多。
  [사라미 만씀니다]

- 운동하기 싫습니다.　　　　　　不愛運動。
  [운동하기 실씀니다]

- 뭐가 좋습니까?　　　　　　　什麼好呢？
  [뭐가 조씀니까]

- 핸드폰은 좋습니다만 비쌉니다.　手機很好但很貴。
  [핸드포는 조씀니다만 비쌈니다]

- 손이 농구대에 안 닿습니다.　手（觸及）碰不到籃球架。
  [소니 농구대에 안 다씀니다]

動動手，練習一下 （因有些音變還沒學到，先以學到的為重點做練習）

1. 여덟 시에 드라마를 보고 열 시에 자요 .　　八點看連續劇，然後十點睡覺。

---

2. 아이스 아메리카노 열 잔 주세요 .　　請給我十杯冰美式（咖啡）。

---

3. 자꾸 열쇠를 잃어버리면 안 돼요 .　　不可以一直弄丟鑰匙。

---

4. 한국은 예쁜 열쇠고리가 참 많습니다 .　　韓國有很多漂亮的鑰匙圈。

---

5. 주차장에 차가 열 대 있어요 .　　停車場有十輛車。

---

6. 이 영화가 재미있어서 열 번 봤어요 .　　這部電影很好看，所以我看了十遍。

解答 P.156

四、비음화

鼻音化

（一）鼻音化 1（비음화 1）：ㅂ + ㄴ / ㅁ

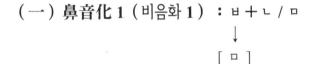

[ㅁ]

終聲代表音		初聲子音		終聲發音		初聲發音
ㅂ	+	ㄴ／ㅁ	→	ㅁ	+	ㄴ／ㅁ

　　當終聲代表音為[ㅂ]，而後面所接的初聲子音是「ㄴ」、「ㅁ」時，前面的終聲代表音會變成鼻音[ㅁ]。

◎當終聲為「ᆲ、ᆵ、ᆹ、ㅍ」時，要先將代表音標記為[ㅂ]後，再鼻音化為[ㅁ]。

單字舉例： ▶ MP3-068

單字發音	中文	單字發音	中文	單字發音	中文	單字發音	中文
*입는 [임는]	穿～	십 년 [심 년]	十年	십만 [심만]	十萬	답문 [담문]	答問
월급날 [월금날]	領薪日	갑니다 [감니다]	去	반갑네요 [반감네요]	很高興見 到你	연습 문제 [연습 문제]	練習題
앞문 [압]＋ㅁ [암문]	前門	*밟는 [밥]＋ㄴ [밤는]	踩～	*없는 [업]＋ㄴ [엄는]	沒有～	값나가요 [갑]＋나가요 [감나가요]	很值錢

*號標記是指冠形詞或已代入文法之單字。

單字舉例：（先只看本單元之音變部分） ▶ MP3-069

句子	中文	句子	中文
볶음밥만 시킬까요? 　　[밤만]	要不要點炒飯就好？	삼십 명쯤 왔어요. 　　[심 명]	大約來了三十名。
앞날이 걱정이에요. [암나리]	很擔心未來。	졸업 먼저 하고 결혼하려고요. [조럼 먼]	想先畢業再結婚。

例句： ▶ MP3-070

● 연습 문제가 어렵습니다.　　　　練習題很難。
　[연습 문제가 어렵씀니다]

● 월급날이 언제입니까?　　　　　發薪日是什麼時候？/什麼時候領薪水？
　[월금나리 언제임니까]

● 먼저 갑니다.　　　　　　　　　（我）先走了。
　[먼저 감니다]

● 방법만 알면 쉬워요.　　　　　只要知道方法就簡單了。
　[방범만 알면 쉬워요]

● 앞니가 아파요.　　　　　　　門牙痛。
　[암니가 아파요]

動動手，練習一下 （因有些音變還沒學到，先以學到的為重點做練習）

1. 내일 시간이 없는 사람은 안 와도 괜찮습니다.　　明天沒空的人，不來也沒關係。

_____

2. 십만 원을 벌었습니다.　　賺了十萬元。

_____

3. 방법만 알면 돼요.　　只要知道方法就行了。

_____

4. 앞머리를 약간 다듬어 주세요.　　請幫我稍微修剪一下瀏海。

_____

5. 지금은 유월입니다.　　現在是六月。

_____

6. 김밥만 먹었어요.　　只吃了紫菜飯捲。

_____

貳．四　鼻音化

解答 P.157

（二）鼻音化 2（비음화 2）：ㄷ＋ㄴ/ㅁ
　　　　　　　　　　　　　↓
　　　　　　　　　　　　[ㄴ]

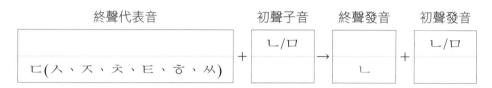

　　當終聲代表音為[ㄷ]，而後面所接的初聲子音是「ㄴ」、「ㅁ」時，前面的終聲代表音會變成鼻音[ㄴ]。

◎當終聲為子音「ㅅ、ㅈ、ㅊ、ㅌ、ㅎ、ㅆ」時，要先將代表音標記為[ㄷ]後，再鼻音化為[ㄴ]。

單字舉例：　▶ MP3-071

單字發音	中文	單字發音	中文	單字發音	中文	單字發音	中文
*듣는 [든는]	聽～	*믿는데 [민는데]	相信～	*얻는다 [언는다]	獲得～	맏며느리 [만며느리]	長媳
옛날 [옏]＋ㄴ [옌날]	從前	첫눈 [첟]＋ㄴ [천눈]	初雪 第一眼	콧물 [콛]＋ㅁ [콘물]	鼻水	거짓말 [거짇]＋ㅁ [거진말]	謊言
*쫓는 [쫃]＋ㄴ [쫀는]	追～	*잊는 [읻]＋ㄴ [인는]	忘～	*찾는지 [찯]＋ㄴ [찬는지]	找～	꽃무늬 [꼳]＋ㅁ [꼰무니]	花紋
*갔는데 [갇]＋ㄴ [간는데]	去了～	*왔는데 [왇]＋ㄴ [완는데]	來了～	*맞는데 [맏]＋ㄴ [만는데]	對～	윷놀이 [윧]＋ㄴ [윤노리]	擲柶 遊戲

*號標記是指冠形詞或已代入文法之單字。

單字舉例：（先只看本單元之音變部分） ▶ MP3-072

句子	中文	句子	中文
회의가 언제 끝나요? [끋]+ㄴ → [끈나]	會議什麼時候結束？	'낱말'은 '단어'라는 뜻이지요. [낟]+ㅁ → [난말]	「낱말」是單字的意思。
몇 명이나 왔어요? [멷]+ㅁ → [면명]	來了多少人？	클로버의 꽃말은 행운이에요. [꼳]+ㅁ = [꼰말]	四葉草的花語是幸運。
오늘은 바빠서 못 놀아. [몯]+ㄴ = [몬노]	今天很忙沒辦法玩。	실컷 먹고 잤더니 얼굴이 부었어요. [컫]+ㅁ = [컨먹]	睡前吃了很多所以臉都腫了。

例句： ▶ MP3-073

- 콧물도 나고 열도 있어요.
  [콘물도 나고 열도 이써요]

  又流鼻水又發燒。

- 거짓말하는 사람을 싫어합니다.
  [거진말하는 사라믈 시러합니다]

  討厭說謊的人。

- 어제는 비가 왔는데 오늘은 안 와요.
  [어제는 비가 완는데 오느른 아 놔요]

  昨天有下雨但今天沒下。

- 카페에 갔는데 자리가 없었어요.
  [카페에 간는데 자리가 업써써요]

  去了咖啡廳但是沒位子。

- 지금 듣는 노래가 누구 노래예요?
  [지금 든는 노래가 누구 노래예요]

  現在在聽的歌是誰的歌？

動動手，練習一下 （因有些音變還沒學到，先以學到的為重點做練習）

1. 할머니가 옛날이야기를 자주 해 주십니다 .　　奶奶常常（跟我們）說往事。

_____

2. 수업이 끝나는 대로 집에 갈 거예요 .　　下課後（我）要馬上回家。

_____

3. 꽃무늬 원피스를 한 벌 샀습니다 .　　買了一件花紋洋裝。

_____

4. 윷놀이는 어떻게 놀아요 ?　　擲柶遊戲要怎麼玩？

_____

5. 철수와 영희는 첫눈에 반한 거래요 .　　聽說哲洙和英熙是一見鍾情的。

_____

6. 맞는 것을 고르십시오 .　　請挑選對的。

_____

解答 P.157

（三）鼻音化 3（비음화 3）： ㄱ ＋ ㄴ / ㅁ

[○]

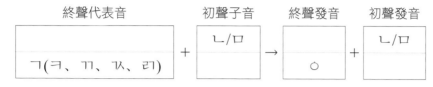

終聲代表音		初聲子音	終聲發音		初聲發音
ㄱ(ㅋ、ㄲ、ㄳ、ㄺ)	＋	ㄴ/ㅁ	→ ○	＋	ㄴ/ㅁ

當終聲代表音為[ㄱ]，而後面所接的初聲子音是「ㄴ」、「ㅁ」時，前面的終聲代表音會變成鼻音[○]。

◎當終聲子音為「ㅋ、ㄲ、ㄳ、ㄺ」時，要先將代表音標記為[ㄱ]後，再鼻音化為[○]。

單字舉例： ▶ MP3-074

單字發音	中文	單字發音	中文	單字發音	中文	單字發音	中文
작년 [장년]	去年	국내 [궁내]	國內	국물 [궁물]	湯	백만 개 [뱅만]	百萬個
*깎는 [깍]+ㄴ [깡는]	削～	*읽는 [익]+ㄴ [잉는]	唸～	*닭만 [닥]+ㅁ [당만]	雞～	흙먼지 [흑]+ㅁ [흥먼지]	塵土

*號標記是指冠形詞或已代入文法之單字。

單字舉例：（先只看本單元之音變部分） ▶ MP3-075

句子	中文	句子	中文
네가 한 말 기억나? [엉나]	你記得你說過的話嗎？	새해 복 많이 받으세요. [봉 마니]	祝新年福氣滿滿。
감기약 남았어? [양 나]	還有剩感冒藥嗎？	음식 만드는 거 좋아해요? [싱 만]	喜歡做料理嗎？
생각났어요. [생강나써요]	想起來了。	그 친구 모임에 계속 나와? [송 나]	那個朋友還有在參加聚會嗎？
목말라요. [몽말]	口好渴。		

例句： ▶ MP3-076

- 작년에 한국에 갔다 왔어요.
  [장녀네 한구게 갇따 와써요]

  去年去了趟韓國。

- 국물이 참 맛있네요.
  [궁무리 참 마신네요]

  湯很好喝耶。

- 약만 먹었어요.
  [양만 머거써요]

  只有吃藥。

- 이 컴퓨터는 백만 원이에요.
  [이 컴퓨터는 뱅마 눠니에요]

  這部電腦價值一百萬元。

- 연필 깎는 게 너무 어려워요.
  [연필 깡는 게 너무 어려워요]

  削鉛筆好難。

動動手，練習一下 <small>（因有些音變還沒學到，先以學到的為重點做練習）</small>

1. 요즘은 국내 여행만 할 수 있습니다 .　　　最近只能在國內旅行。

_____

2. 지금 읽는 책이 재미있나요 ?　　　（你）現在在看的書好看嗎？

_____

3. 어제 일은 기억나지 않아요 .　　　昨天的事不記得了。

_____

4. 어머니는 음식 만드는 것을 좋아하십니다 .　　　媽媽喜歡做料理。

_____

5. 목말라서 아이스 아메리카노를 마셨어요 .　　　口渴所以喝了冰美式。

_____

6. 주말에 같이 박물관에 갈까요 ?　　　週末要不要一起去博物館？

_____

解答 P.157

（四）鼻音化 4（비음화 4）：ㄹ、ㄴ除外的終聲＋ㄹ
↓
[ㄴ]

終聲		初聲子音		終聲發音		初聲發音
「ㄹ」及「ㄴ」代表音除外	＋	ㄹ	→	依原本的終聲或鼻音化	＋	ㄴ

「ㄹ」及「ㄴ」以外的終聲，當後面所接的字其初聲子音是「ㄹ」時，該初聲子音「ㄹ」要音變為[ㄴ]，而原本的終聲發音有的是依照原本發音，有的則是鼻音化為[ㅁ]或[ㅇ]。

◎音變為[ㄴ]後，必須再檢查，與前面的代表音是否有鼻音化之音變。

單字舉例： **MP3-077**

單字發音	中文	單字發音	中文	單字發音	中文	單字發音	中文
감량 [감냥]	減量	경력 [경녁]	經歷	경쟁률 [경쟁뉼]	競爭率	대통령 [대통녕]	大統領（總統）
등록금 [등녹끔]	學費	심리 [심니]	心理	염려 [염녀]	掛念擔心	음력 [음녁]	陰曆
음료수 [음뇨수]	飲料	입장료 [입짱뇨]	入場費	정류장 [정뉴장]	車站	정리 [정니]	整理
종로 [종노]	鐘路	종류 [종뉴]	種類	함량 [함냥]	含量	능력 [능녁]	能力

1. 當前一字的終聲代表音為[ㅂ、ㄱ]，而後面的字其初聲子音為「ㄹ」時，「ㄹ」要先音變為[ㄴ]，然後前面的字其終聲音[ㅂ、ㄱ]會音變為[ㅁ、ㅇ]。

◎音變後還要再看看有沒有其他音變（請參考P073「鼻音化1」、P079「鼻音化3」）。

單字舉例： ▶ MP3-078

單字 音變過程	中文	單字 音變過程	中文	單字 音變過程	中文	單字 音變過程	中文
수업료 수업＋뇨 [수엄뇨]	學費	컵라면 컵＋나면 [컴나면]	杯麵	합리적 합＋니적 [함니적]	合理性	실업률 실업＋뉼 [시럼뉼]	失業率
법률 법＋뉼 [범뉼]	法律	압력 압＋녁 [암녁]	壓力	협력 협＋녁 [혐녁]	協力	입력 입＋녁 [임녁]	輸入 （資料等）
국립 국＋닙 [궁닙]	國立	독립 독＋닙 [동닙]	獨立	대학로 대학＋노 [대항노]	大學路	기억력 기억＋녁 [기엉녁]	記憶力
폭력 폭＋녁 [퐁녁]	暴力	확률 확＋뉼 [황뉼]	機率	면역력 며녁＋녁 [며녕녁]	免疫力	폭락 폭＋낙 [퐁낙]	暴跌

2. 不過，當部分單字前一字的終聲為[ㄴ]，而後面字的初聲子音為「ㄹ」時，則「ㄹ」會音變為[ㄴ]，但這類音變的單字並不多。（※請參考P089「流音化2」之音變規則「ㄴ＋ㄹ＝ㄴ＋ㄴ」。）舉例如下：

單字舉例： ▶ MP3-079

單字發音	中文	單字發音	中文	單字發音	中文	單字發音	中文
생산량 [생산냥]	生產量	의견란 [의견난]	意見欄	정신력 [정신녁]	精神力	보관료 [보관뇨]	保管費
생산력 [생산녁]	生產力	라면류 [라면뉴]	拉麵類				

例句： ▶ MP3-080

- 오늘은 비 올 확률이 높지 않아요.　　　今天下雨的機率並不大。
  [오느른 비 올 황뉴리 놉찌 아나요]

- 대학로에 가 보셨나요?　　　　　　　（你）有去過大學路嗎？
  [대항노에 가 보션나요]

- 친구는 컵라면을 아주 좋아해요.　　　朋友很喜歡杯麵。
  [친구는 컴나며늘 아주 조아해요]

- 이번에는 경력 사원을 뽑습니다.　　　這次要招聘有資歷的員工。
  [이버네는 경녁 싸워늘 뽑씀니다]

- 여기는 보관료가 좀 비싼 편이에요.　　這裡的保管費算稍微貴一點。
  [여기는 보관뇨가 좀 비싼 펴니에요]

動動手，練習一下 （因有些音變還沒學到，先以學到的為重點做練習）

1. 실업률이 높으므로 정부의 대책
   마련이 시급합니다.

   因失業率極高，政府須立即擬定對策方案。

2. 생산량을 늘리기 위해서 새 제도를
   도입했습니다.

   為了要增加產量，導入了新的制度。

3. 주식 폭락으로 많은 타격을 줄
   것으로 보입니다.

   股市暴跌，估計將會帶來很大的衝擊。

4. 친구가 법률 사무소를 차렸어요.

   朋友開了一家法律事務所。

5. 뭘 먹으면 기억력 향상에 도움이
   될까요?

   要吃什麼才能幫助提升記憶力呢？

6. 면역력을 높여야 병에 잘 걸리지
   않아요.

   要提升免疫力才不容易生病。

解答 P.157

五、유음화

流音化

（一）流音化 1（유음화 1）： ㄹ、ㄸ、ㅀ ＋ ㄴ
↓
[ㄹ]

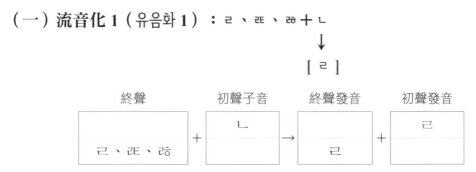

終聲		初聲子音		終聲發音		初聲發音
ㄹ、ㄸ、ㅀ	＋	ㄴ	→	ㄹ	＋	ㄹ

當終聲是「ㄹ、ㄸ、ㅀ」，而後面字的初聲子音為「ㄴ」時，該初聲子音會音變為[ㄹ]。

◎若在同一單字裡面，或在單字跟單字之間，也一樣會音同化為[ㄹ]發音。

單字舉例： ▶ MP3-081

單字發音	中文	單字發音	中文	單字發音	中文	單字發音	中文
설날 [설랄]	新年	실내 [실래]	室內	물냉면 [물랭면]	水冷麵	사물놀이 [사물로리]	四物遊戲
칼날 [칼랄]	刀刃	들놀이 [들로리]	郊遊				
발냄새 [발램새]	腳臭味	열넷 [열렏]	十四	일 년 [일련]	一年		
*핥는 [할른]	舔～	*훑는 [훌른]	撕、撥開～	*앓는 [알른]	得病～	*잃는 [일른]	失去～

單字發音	中文	單字發音	中文
*닳는 [달른]	磨損~	*뚫는 [뚤른]	穿孔~

*號標記是指冠形詞或已代入文法之單字。

例句： ▶ MP3-082

- 한국은 설날에 떡국을 먹어요?　　　韓國新年會吃年糕湯嗎？
  [한구근 설라레 떡꾸글 머거요]

- 실내에서는 실내화를 신어야 해요.　在室內要穿室內鞋。
  [실래에서는 실래화를 시너야 해요]

- 사물놀이 공연을 본 적이 있습니다.　（我）有看過四物遊戲的表演。
  [사물로리 공여늘 본 저기 읻씀니다]

- 언제쯤 달나라에 갈 수 있을까요?　　大概什麼時候才能去月球呢？
  [언제쯤 달라라에 갈 쑤 이쓸까요]

- 물냉면을 좋아하세요?　　　　　　　（你）喜歡湯冷麵嗎？
  [물랭며늘 조아하세요]

貳·五

流音化

動動手，練習一下 （因有些音變還沒學到，先以學到的為重點做練習）

1. 친구가 귤을 열네 개 사 왔어요.　　　　　朋友買來了十四顆橘子。

---

2. 실내 온도는 27 도로 유지해 주세요.　　　室溫請維持在 27 度。

---

3. 물냉면은 비빔냉면보다 덜 매워요.　　　湯冷麵比拌式冷麵不辣。

---

4. 일 년 전에 대구에 가 봤습니다.　　　　（我）一年前去過大邱。

---

5. 발냄새가 너무 심하게 나네요　　　　　腳臭味好重喔。

---

6. 다음 주에 온 가족이 같이 들놀이를 갈　　下週我們全家要一起去郊遊。
   거예요.

解答 P.158

（二）流音化 2（유음화 2）：ㄴ＋ㄹ

當終聲「ㄴ」，遇到後面字的初聲子音為「ㄹ」時，前面的終聲大部分會音變為[ㄹ]。

單字舉例：　▶ MP3-083

單字發音	中文	單字發音	中文	單字發音	中文	單字發音	中文
신랑 [실랑]	新郎	권력 [궐력]	權力	난로 [날로]	暖爐	근로자 [글로자]	勞工
원래 [월래]	本來	완료 [왈료]	完成	관련 [괄련]	關聯	편리하다 [펼리하다]	便利
인류 [일류]	人類	분란 [불란]	紛亂	연락처 [열락처]	連絡方式	곤란하다 [골란하다]	為難
진로 [질로]	前途	분량 [불량]	份量	한라산 [할라산]	漢拏山	인력 [일력]	人力
전략 [절략]	策略	연료 [열료]	燃料	관리비 [괄리비]	管理費	윤리 [율리]	倫理

　　但也有前一個字終聲為「ㄴ」，而後面的字遇到「ㄹ」後，不會音變為[ㄹ]發音的情形，這種單字並不多。（請參考P.083「鼻音化4」）

單字舉例：　▶ MP3-084

單字發音	中文	單字發音	中文	單字發音	中文	單字發音	中文
생산량 [생산냥]	生產量	의견란 [의견난]	意見欄	정신력 [정신녁]	精神力	보관료 [보관뇨]	保管費
생산력 [생산녁]	生產力	라면류 [라면뉴]	拉麵類				

例句： ▶ **MP3-085**

- 신랑이 참 멋있네요.   新郎好帥耶。
  [실랑이 참 머신네요]

- 수미 씨 연락처를 아세요?   （你）知道秀美的聯絡方式嗎？
  [수미 씨 열락처를 아세요]

- 인류의 미래는 어떻게 될까요?   人類的未來會如何呢？
  [일류에 미래는 어떠케 될까요]

- 직장에도 윤리가 있는 법이지요.   職場上也是有倫理的。
  [직짱에도 율리가 인는 버비지요]

- 의견란에 뭐라고 썼습니까?   意見欄上寫了什麼？
  [의견나네 뭐라고 썰씀니까]

動動手，練習一下 _{（因有些音變還沒學到，先以學到的為重點做練習）}

1. 권력을 함부로 쓰면 안 됩니다 .　　　　不可以濫用權利。

_____

2. 너무 추워서 난로를 하나 사려고 해요 .　　太冷了所以想要買一台暖爐。

_____

3. 한라산이 아주 아름답다면서요 ?　　　　聽說漢拏山很漂亮吧？

_____

4. 관리비는 언제까지 내야 됩니까 ?　　　　管理費最慢什麼時候要繳？

_____

5. 근처에 편의점이 있어서 편리해요 .　　　附近有便利商店所以很方便。

_____

6. 분량이 너무 많아서 다 못 먹었어요 .　　　因為份量太多所以沒吃完。

_____

解答 P.158

六、유기음화 , 축약 및 탈락
有氣音化、縮約及脱落

（一）有氣音化 1（유기음화 1）：A 及 V ㅎ、ㄶ、ㅀ＋ㄱ、ㄷ、ㅈ

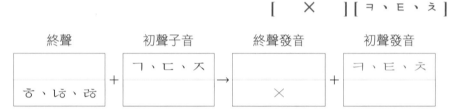

終聲	初聲子音	終聲發音	初聲發音
ㅎ、ㄶ、ㅀ	＋ ㄱ、ㄷ、ㅈ	→ ✕	＋ ㅋ、ㅌ、ㅊ

　　當 A（形容詞）以及 V（動詞）的終聲為「ㅎ、ㄶ、ㅀ」，而遇到後面的初聲子音為「ㄱ、ㄷ、ㅈ」時，二個子音會縮略成一個有氣音[ㅋ、ㅌ、ㅊ]。

單字舉例：　▶ MP3-086

單字發音	中文	單字發音	中文	單字發音	中文	單字發音	中文
*놓고 [노코]	放置	*좋고 [조코]	好	*넣고 [너코]	放進	*닿고 [다코]	觸及
*낳고 [나코]	生下	*많고 [만코]	多	*잃고 [일코]	失去	*옳고 [올코]	正確
*닳고 [달코]	磨損	*끊겨서 [끈켜서]	被切斷	*이렇게 [이러케]	這樣地	*어떻게 [어떠케]	如何地
*빨갛고 [빨가코]	又紅	*노랗고 [노라코]	又黃				
넣다 [너타]	放進	쌓다 [싸타]	堆/累積	빨갛다 [빨가타]	紅	괜찮다 [괜찬타]	沒關係

單字發音	中文	單字發音	中文	單字發音	中文	單字發音	中文
*끊도록 [끈토록]	切斷	*싫다고 [실타고]	說不要	*앓더니 [알터니]	病了		
*놓지 [노치]	放	*좋잖아 [조차나]	很好啊	*그렇지요 [그러치요]	對	*끓잖아 [끌차나]	沸騰了
*않지요 [안치요]	不~	*많지 [만치]	多	*많지만 [만치만]	雖然多	*괜찮지요? [괜찬치요]	沒關係吧？

*號標記是指冠形詞或已代入文法之單字。

例句： ▶ MP3-087

- 어떻게 해야 실력이 늘까요?
  [어떠케 해야 실려기 늘까요?]
  要怎麼做，實力才能進步呢？

- 수요일 시간 괜찮지요?
  [수요일 시간 괜찬치요]
  星期三時間可以吧？

- 공원에 사람이 많지는 않아요.
  [공워네 사라미 만치는 아나요]
  公園裡人並不多。

- 친구가 내 옷이 너무 빨갛대요.
  [친구가 내 오시 너무 빨가태요]
  朋友說我的衣服太紅了。

- 싫다고 했잖아요.
  [실타고 핻짜나요]
  不是說不要了嘛。

動動手，練習一下 （因有些音變還沒學到，先以學到的為重點做練習）

1. 지갑을 집에 놓고 왔어요.　　　　忘了帶皮夾（出門）。

_____

2. 수미 씨는 성격도 좋고 예쁩니다.　秀美不僅個性好人又漂亮。

_____

3. 그 친구는 연락도 안 닿고 소식도　那個朋友都聯絡不上也沒有消息。
   없어요.

_____

4. 바쁘신데도 이렇게 와 주셔서　　　感謝您百忙之中撥冗蒞臨。
   감사합니다.

_____

5. 이 체리는 빨갛고 답니다.　　　　　這櫻桃又紅又甜。

_____

6. 경력을 쌓다 보면 취업도 더　　　　多累積一些經歷，以後會更容易找到工作。
   수월해질 거예요.

_____

解答 P.158

（二）有氣音化 2（유기음화 2）：ㄱ、ㄷ、ㅂ、ㅈ＋ㅎ

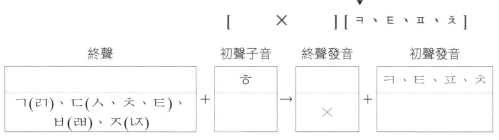

當前一字終聲為「ㄱ(ㄹㄱ)、ㄷ(ㅅ、ㅊ、ㅌ)、ㅂ(ㄹㅂ)、ㅈ(ㄵ)」，而遇到後面的初聲子音為「ㅎ」時，二個子音會縮略成一個有氣音[ㅋ、ㅌ、ㅍ、ㅊ]。

單字舉例：ㄱ、ㄹㄱ＋ㅎ　▶ MP3-088

單字發音	中文	單字發音	中文	單字發音	中文	單字發音	中文
축하 [추카]	祝賀	역할 [여칼]	角色	읽혀요 [일켜요]	讀	*막히면 [마키면]	若堵住
생각해요 [생가캐요]	思考	국화 [구콰]	菊花	특히 [트키]	尤其 特別	*밝혀서 [발켜서]	照亮
시작하다 [시자카다]	開始	부족해요 [부조캐요]	不足				

*號標記是指冠形詞或已代入文法之單字。

單字舉例：ㄷ、ㅅ、ㅊ、ㅌ＋ㅎ　▶ MP3-089

單字發音	中文	單字發音	中文	單字發音	中文	單字發音	中文
맏형 [마텽]	大哥	몇 해 [며 태]	幾年	몇 호선 [며 토선]	幾號線	*듯하다 [드타다]	好像
못해요 [모태요]	不會	꽃향기 [꼬턍기]	花香	*낮하고 [나타고]	白天和	*밭하고 [바타고]	田和～
비슷하다 [비스타다]	類似	느긋하다 [느그타다]	悠閒	옷 한 벌 [오 탄 벌]	一套 衣服	*잘못해서 [잘모태서]	失誤；做錯
*따뜻한데 [따뜨탄데]	暖和	깨끗하다 [깨끄타다]	乾淨				

*號標記是指冠形詞或已代入文法之單字。

單字舉例：ㅂ、ㄼ + ㅎ ▶ MP3-090

單字發音	中文	單字發音	中文	單字發音	中文	單字發音	中文
입학 [이팍]	入學	급행 [그팽]	急行	잡히다 [자피다]	被抓	넓혀요 [널펴요]	使…變寬
십 호 [시포]	十號	급히 [그피]	很急地	답답해요 [답따패요]	悶	밟혔어요 [발펴써요]	被踩

單字舉例：ㅈ、ㄵ + ㅎ ▶ MP3-091

單字發音	中文	單字發音	中文	單字發音	中文
맞히다 [마치다]	答對	젖히다 [저치다]	後仰	잊히다 [이치다]	被遺忘
*앉히고 [안치고]	使…坐	얹히다 [언치다]	寄居、放上		

*號標記是指冠形詞或已代入文法之單字。

例句： ▶ MP3-092

- 생일 축하합니다.
  [생일 추카함니다]

  祝你生日快樂。

- 수지 씨는 이미 집에 간 듯해요.
  [수지 씨는 이미 지베 간 드태요]

  秀智好像已經回家了。

- 길이 많이 막히니까
  [기리 마니 마키니까
  지하철을 타세요.
  지하처를 타세요]

  因為路上很塞，所以請搭地下鐵。

- 급히 어디에 가세요?
  [그피 어디에 가세요]

  你急著去哪裡？

- 몇 문제를 맞혔어요?
  [면 문제를 마처써요]

  你答對了幾題？

動動手，練習一下 （因有些音變還沒學到，先以學到的為重點做練習）

1. 백화점은 몇 시에 문을 열어요 ?　　　　　百貨公司幾點開門 ？

_____

2. 명동에 가려면 몇 호선을 타야 해요 ?　　　若要去明洞要搭幾號線呢 ？

_____

3. 한국어는 어느 부분이 특히 어렵나요 ?　　韓文哪一部份特別難呢 ？

_____

4. 한국어 수업은 언제부터 시작합니까 ?　　韓文課什麼時候開始呢 ？

_____

5. 엄마가 아이를 의자에 앉혔어요 .　　　　媽媽讓孩子坐在椅子上了。

_____

6. 범인이 잡혔대요 .　　　　　　　　　　聽說犯人已經被逮捕了。

_____

解答 P.159

七、'ㅎ'의 발음

「ㅎ」的發音

（一）「ㅎ」的發音 1（'ㅎ'의 발음 1）：ㅎ、ㄶ、ㅀ（弱化不發音）＋母音（初聲為「ㅇ」）

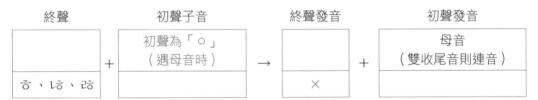

終聲「ㅎ、ㄶ、ㅀ」＋ 初聲子音 初聲為「ㅇ」（遇母音時）→ 終聲發音 × ＋ 初聲發音 母音（雙收尾音則連音）

當前一字的終聲為「ㅎ、ㄶ、ㅀ」，遇到後面的字其初聲是子音「ㅇ」＋母音時，[ㅎ]會弱化不發音。若為雙韻尾（雙收尾音），則左側尾音會連音至後面字的初聲。

單字舉例： ▶ MP3-093

單字發音	中文	單字發音	中文	單字發音	中文	單字發音	中文
*낳은 [나은]	生（下）的	놓아 [노아]	放	많아 [마나]	多	*않은 [아는]	不
싫어요 [시러요]	不要 不喜歡	쌓이다 [싸이다]	堆積	끊어요 [끄너요]	掛斷	끓여요 [끄려요]	煮
좋아요 [조아요]	好	*만나잖아요 [만나자나요]	見面	괜찮아요 [괜차나요]	沒關係	뚫었어요 [뚜러써요]	鑽洞 打通
앓았어요 [아라써요]	生病了	*잃어버려서 [이러버려서]	因為 遺失				

*號標記是指冠形詞或已代入文法之單字。

例句：　▶ MP3-094

- 주말이라서 영화관에 사람이　　　因為是週末，所以電影院人很多。
  [주마리라서 영화과네 사라미
  아주 많아요.
  아주 마나요]

- 언제 시간이 괜찮으세요?　　　什麼時候有空呢？
  [언제 시가니 괜차느세요]

- 너무 더운 날씨는 싫어요.　　　不喜歡太熱的天氣。
  [너무 더운 날씨는 시러요]

- 저는 매운 게 좋아요.　　　我喜歡辣的。
  [저는 매운 게 조아요]

- 핸드폰을 가방 안에 놓았어요.　　　把手機放進包包裡了。
  [핸드포늘 가방 아네 노아써요]

動動手，練習一下 （因有些音變還沒學到，先以學到的為重點做練習）

1. 이 그림은 어디에 걸어 놓을까요 ?　　　　這幅畫要掛在哪裡呢 ?

_____

2. 라면을 끓이고 있어요 .　　　　我正在煮泡麵。

_____

3. 눈이 많이 쌓였어요 .　　　　積了好多雪。

_____

4. 지갑을 잃어버려서 지금 찾고 있어요 .　　　　因遺失了皮夾，現在正在尋找中。

_____

5. 김치찌개가 좀 매운데 괜찮아요 ?　　　　泡菜鍋有點辣，可以嗎 ?

_____

6. 비싸지 않은 가방을 하나 사고 싶어요 .　　　　我想要買個不貴的包包。

_____

解答 P.159

（二）「ㅎ」的發音 2（'ㅎ'의 발음 2）：ㅎ、ᆭ、ᆶ（**弱化不發音**）+ ㅅ
↓
[ㅆ]

終聲	初聲子音	終聲發音	初聲發音
ㅎ、ᆭ、ᆶ	ㅅ	✕	ㅆ

當前一個字的終聲為「ㅎ、ᆭ、ᆶ」，而後面所接的字其初聲子音為「ㅅ」時，則「ㅎ、ᆭ、ᆶ」不發音，但後面的初聲子音的發音會變成硬音[ㅆ]。

單字舉例：▶ MP3-095

單字發音	中文	單字發音	中文	單字發音	中文	單字發音	中文
좋습니다 [조씀니다]	好	많습니다 [만씀니다]	很多	싫습니다 [실씀니다]	不喜歡 不要	잃습니다 [일씀니다]	遺失 失去

摘錄自 P071 硬音化 7

例句：▶ MP3-096

- 규칙적인 생활이 건강에 좋습니다.　　規律的生活有益於健康。
  [규칙쩌긴 생화리 건강에 조씀니다]

- 일요일이라 사람이 많습니다.　　因為是星期天所以人很多。
  [이료이리라 사라미 만씀니다]

- 이러다가는 모든 걸 잃습니다.　　這樣下去會失去一切。
  [이러다가는 모든 걸 일씀니다]

- 아버지가 지금 벽을 뚫습니다.　　爸爸現在在牆壁上鑽洞。
  [아버지가 지금 벼글 뚤씀니다]

- 환절기에 자주 감기를 앓습니다.　　換季時常感冒。
  [환절기에 자주 감기를 알씀니다]

1. 지우 씨는 항상 수미 씨 옆에 있지 않습니다 . 志宇總是不在秀美的身旁。

_____

2. 사과는 많습니다만 딸기는 없습니다 . 蘋果很多但是沒有草莓。

_____

3. 그 일은 하기 싫습니다만 해야 됩니다 . 雖然不想做那件事但必須要做。

_____

4. 이 핸드폰은 매우 좋습니다 . 這手機非常好。

_____

5. 발상은 좋습니다만 좀 더 고려해 보지요 . 點子是不錯，不過再考慮看看吧。

_____

6. 여기는 춥지 않습니다 . 這裡不冷。

_____

解答 P.159

（三）「ㅎ」的發音3（'ㅎ'의 발음 3）：ㅎ＋ㄴ

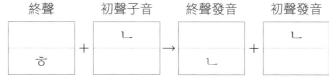

鼻音化之一，因「ㅎ」的終聲代表音為[ㄷ]，所以當後面的字接初聲子音「ㄴ」時，前面終聲代表音的發音會變成鼻音[ㄴ]。

◎當前一個字的終聲為「ㅎ」時，要先將代表音標記為[ㄷ]後，再鼻音化為[ㄴ]。

單字舉例：　▶ MP3-097

單字 音變過程	中文	單字 音變過程	中文	單字 音變過程	中文	單字 音變過程	中文
*놓는 놀＋ㄴ [논는]	放下的	*쌓네 쌉＋ㄴ [싼네]	堆積	*좋네 좐＋ㄴ [존네]	好	*동그랗네 동그랃＋ㄴ [동그란네]	圓

*號標記是指冠形詞或已代入文法之單字。

例句：　▶ MP3-098

- 이건 여기에 놓는 게 맞아요?　　　這是放在這裡的對嗎？
  [이건 여기에 논는 게 마자요]

- 경험을 많이 쌓는 게 좋습니다.　　多累積些經驗比較好。
  [경허믈 마니 싼는 게 조씀니다]

- 그 아이는 눈이 참 크고 동그랗네요.　那孩子眼睛好大好圓耶。
  [그 아이는 누니 참 크고 동그란네요]

- 집이 참 좋네요.　　　　　　　　房子很好耶。
  [지비 참 존네요]

- 이거는 이렇게 꽂아 넣는 거예요.　這是這樣插下去的。
  [이거는 이러케 꼬자 넌는 거예요]

動動手，練習一下 （因有些音變還沒學到，先以學到的為重點做練習）

1. 정우 씨와 연락이 닿는 대로 알려 주세요 . 正宇若有跟你聯繫，請馬上告訴我。

___

2. 이 옷은 너무 빨갛네요 . 這衣服顏色太紅了耶。

___

3. 하늘이 아주 파랗네요 . 天空好藍喔。

___

4. 수미 씨는 눈이 예쁘고 동그랗네요 . 秀美眼睛又漂亮又圓耶。

___

5. 이 향수는 냄새가 참 좋네요 . 這香水味道很好耶。

___

6. 이 세탁기는 별로 안 좋네요 . 這洗衣機不太好耶。

___

解答 P.160

八、구개음화

口蓋音化

（一）口蓋音化 1（구개음화 1）：ㄷ＋이

$$\downarrow$$

[×]［지］

當前面一個字的終聲為「ㄷ」，而後面的字接「이」時，前面的字終聲不發音，會與後面的「이」結合後，發音變為[지]。

單字舉例：ㄷ＋이　▶ MP3-099

單字發音	中文	單字發音	中文	單字發音	中文
맏이 [마지]	老大	곧이 [고지]	全盤地	굳이 [구지]	非得
여닫이 [여다지]	門栓	해돋이 [해도지]	日出		

（二）口蓋音化 2（구개음화 2）：ㅌ＋이／여
↓
[×][치／처]

當前面一個字的終聲為「ㅌ」，而後面的字接「이」或「여」時，前面的字終聲不發音，會分別與後面的「이」或「여」結合後，發音分別變為[치]、[처]。

單字舉例：ㅌ＋이、여　▶ MP3-100

單字發音	中文	單字發音	中文	單字發音	中文	單字發音	中文
같이 [가치]	一起	끝이 [끄치]	結尾	밭이 [바치]	田地	밑이 [미치]	下面
붙여요 [부처요]	貼	바깥이 [바까치]	外面				

（三）口蓋音化 3（구개음화 3）：ㄷ＋히／혀

↓

[×] [치／처]

終聲		遇到		終聲發音		發音
ㄷ	＋	히、혀	→	×	＋	치、처

　　當前面一個字的終聲為「ㄷ」，而後面的字接「히」或「혀」時，前面的字終聲不發音，會分別與後面的「히」或「혀」結合後，發音分別變為[치]、[처]。

單字舉例：ㄷ＋히、혀　▶ MP3-101

單字發音	中文	單字發音	中文	單字發音	中文	單字發音	中文
닫혀요 [다쳐요]	關閉	갇혀서 [가쳐서]	被關	묻히고 [무치고]	被掩埋	걷히다 [거치다]	（霧）散去

例句：　▶ MP3-102

● 정우 씨는 맏이가 아니라 막내예요.　　正宇不是老大，是老么。
　[정우 씨는 마지가 아니라 망내예요]

● 해돋이 보러 남산에 갈까요?　　要不要去南山看日出？
　[해도지 보러 남사네 갈까요]

● 내일 같이 갑시다.　　明天一起去吧。
　[내일 가치 갑씨다]

● 끝이 안 보여요.　　看不到盡頭。
　[끄치 안 보여요]

● 문이 닫혔습니다.　　門（被）關起來了。
　[무니 다첟씀니다]

動動手，練習一下 (因有些音變還沒學到，先以學到的為重點做練習)

1. 굳이 그렇게까지 할 필요가 없어요 .　沒必要硬是做到那樣。

___

2. 한국에서 해돋이 본 적이 있습니까 ?　有在韓國看過日出嗎？

___

3. 바깥이 왜 이렇게 시끄러워요 ?　外面怎麼這麼吵？

___

4. 엘리베이터에 갇히면 위험해요 .　如果被關在電梯裡會很危險。

___

5. 밭이 참 크네요 .　田地好大啊。

___

6. 한옥에서 여닫이문을 볼 수 있어요 .　在韓屋可以看到門栓門。

___

解答 P.160

九、'ㄴ'첨가

「ㄴ」添加

（一）終聲＋이、야、여、요、유、얘、예

↓

[니、냐、녀、뇨、뉴、냬、녜]

終聲		遇到由下列開始的單字		終聲發音		發音
有終聲	＋	이、야、여、요、유、얘、예	→	終聲音	＋	니、냐、녀、뇨、뉴、냬、녜

1. 當符合下列（1）～（3）的條件時，會發生「ㄴ」添加的音變：

（1）為合成語或派生語組合而成的單字。

①合成語（複合語）：由二個以上的詞彙組合而成後，擁有新含義的名詞。

如，나뭇잎（樹葉）、주말여행（週末旅行）

②派生語（衍生語）：由一個詞彙與接頭辭或接尾辭結合而成的名詞。

如，부채질（搧扇子）、시음용（試喝用）

（2）前一字要有終聲。

（3）當後一個字是以「이、야、여、요、유、얘、예」為開始的單字，則「이、야、여、요、유、얘、예」的初聲位置要添加「ㄴ」，發音變成[니、냐、녀、뇨、뉴、냬、녜]。

（4）「ㄴ」添加後，一定要再確認，是否會與前一字形成鼻音化或流音化的音變作用。

單字舉例： ▶ MP3-103

單字發音	中文	單字發音	中文	單字發音	中文
웬일 [웬닐]	怎麼 回事	단풍잎 [단풍닙]	楓葉	두통약 [두통냑]	頭痛藥
집안일 [지반닐]	家事	강남역 [강남녁]	江南站	시음용 [시음뇽]	試喝用
여행용 [여행뇽]	旅行用	식용유 [시굥뉴]	食用油	한여름 [한녀름]	盛夏
공공요금 [공공뇨금]	公共費用	지난여름 [지난녀름]	去年夏天	편의점용 [펴니점뇽]	便利商店 專用
생선요리 [생선뇨리]	鮮魚料理	신혼여행 [신혼녀행]	新婚旅行	안 열려요 [안 녈려요]	打不開
무슨 일 [무슨 닐]	什麼事	무슨 요일 [무슨 뇨일]	星期幾	발음 연습 [바름 년습]	發音練習
안 열어요 [안 녀러요]	不開	일본 요리 [일본 뇨리]	日本料理	어제 한 일 [어제 한 닐]	昨天做的事

2. 當前一個字的終聲為「ㅂ、ㅍ」，而後一個字的初聲位置添加了「ㄴ」音時，則前面的終聲[ㅂ、ㅍ]須音變為[ㅁ]（鼻音化）。

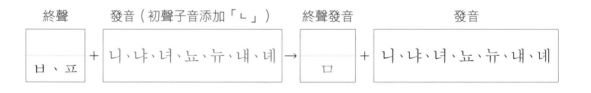

終聲　　　發音（初聲子音添加「ㄴ」）　　終聲發音　　　　發音

| ㅂ、ㅍ | + | 니、냐、녀、뇨、뉴、내、네 | → | ㅁ | + | 니、냐、녀、뇨、뉴、내、네 |

單字舉例： ▶ MP3-104

單字 音變過程	中文	單字 音變過程	中文	單字 音變過程	中文	單字 音變過程	中文
앞일 압+닐 [암닐]	將來 的事	연습용 연습+뇽 [연슴뇽]	練習用	이십육 이십+뉵 [이심뉵]	二十六	구급약 구급+냑 [구금냑]	救急藥

3. 當前一個字的終聲為[ㄷ、ㅅ、ㅈ、ㅊ、ㅌ]，而後一個字的初聲位置添加了「ㄴ」
   音時，則前面的終聲[ㄷ、ㅅ、ㅈ、ㅊ、ㅌ]須音變成[ㄴ]（鼻音化）。

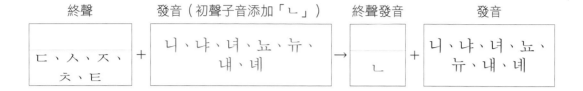

終聲	發音（初聲子音添加「ㄴ」）	終聲發音	發音
ㄷ、ㅅ、ㅈ、ㅊ、ㅌ	니、냐、녀、뇨、뉴、내、녜	ㄴ	니、냐、녀、뇨、뉴、내、녜

單字舉例：　▶ MP3-105

單字 音變過程	中文	單字 音變過程	中文	單字 音變過程	中文	單字 音變過程	中文
꽃잎 꼳+닙 [꼰닙]	花瓣	깻잎 깯+닙 [깬닙]	芝麻葉	뒷일 뒫+닐 [뒨닐]	之後 的事	옛일 옏+닐 [옌닐]	往事
헛일 헏+닐 [헌닐]	徒勞 無工	밭일 받+닐 [반닐]	種田的 工作	숫양 숟+냥 [순냥]	公羊	욧잇 욛+닏 [욘닏]	被褥套
베갯잇 베갣+닏 [베갠닏]	枕頭套	나뭇잎 나묻+닙 [나문닙]	樹葉	늦여름 늗+녀름 [는녀름]	晚夏	윗입술 윋+닙쑬 [윈닙쑬]	上唇
숫염소 숟-념소 [순념소]	公山羊	바깥일 바깓+닐 [바깐닐]	外面 的事				

▶ MP3-106

句子音變過程	中文	句子音變過程	中文
못 이겨요. 몯+니겨요. [몬 니겨요]	贏不了	못 읽어요. 몯+닐거요. [몬 닐거요]	不會唸
못 잊어요 몯+니저요. [몬 니저요]	無法忘記	못 열어요 몯+녀러요. [몬 녀러요]	無法打開

句子音變過程	中文	句子音變過程	中文
못 일어나요. 몯+니러나요. [몬 니러나요]	起不來	옷 입어요. 옫+니버요. [온 니버요]	穿衣服

4. 當前一個字的終聲為「ㄱ、ㅋ、ㄲ、ㄳ、ㄺ」，而後一個字的初聲位置添加了「ㄴ」音時，則前面的終聲「ㄱ、ㅋ、ㄲ、ㄳ、ㄺ」須音變成[ㅇ]（鼻音化）。

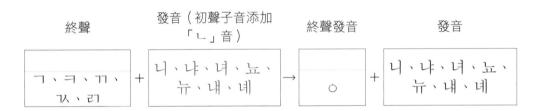

終聲	發音（初聲子音添加「ㄴ」音）	終聲發音	發音
ㄱ、ㅋ、ㄲ、ㄳ、ㄺ	니、냐、녀、뇨、뉴、내、네	○	니、냐、녀、뇨、뉴、내、네

單字舉例： ▶ MP3-107

單字 音變過程	中文	單字 音變過程	中文	單字 音變過程	中文	單字 音變過程	中文
부엌일 부억+닐 [부엉닐]	廚房 工作	소독약 소독+냑 [소동냑]	消毒藥	색연필 색+년필 [생년필]	彩色筆	어학연수 어학+년수 [어항년수]	語言 研修
한국 영화 한국+녕화 [한궁 녕화]	韓國 電影	저녁 약속 저녁+냑속 [저녕 냑쏙]	晚餐 約會	한국 역사 한국+녁싸 [한궁 녁싸]	韓國 歷史		

5. 當前一個字的終聲音為「ㄹ」，而後一個字的初聲位置添加了「ㄴ」音時，則初聲子音「ㄴ」須音變為[ㄹ]（流音化）。

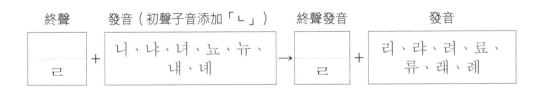

終聲	發音（初聲子音添加「ㄴ」）	終聲發音	發音
ㄹ	니、냐、녀、뇨、뉴、내、네	ㄹ	리、랴、려、료、류、래、례

單字舉例： ▶ MP3-108

單字 音變過程	中文	單字 音變過程	中文	單字 音變過程	中文	單字 音變過程	中文
솔잎 솔+닙 [솔립]	松葉	풀잎 풀+닙 [풀립]	草葉	별일 별-닐 [별릴]	怪事	알약 알+냑 [알략]	藥片
휘발유 휘발+뉴 [휘발류]	汽油	서울역 서울+녁 [서울력]	首爾站	올여름 올+녀름 [올려름]	今年夏天	연말연시 연말+년시 [연말련시]	年末
주말여행 주말+녀행 [주말려행]	週末旅行	할 일 할+닐 [할 릴]	要做的事	길 옆 길+녑 [길 렵]	路旁		
할 얘기 할+내기 [할 래기]	要說的話	사흘 연속 사흘+년속 [사흘 련속]	連續三天	한 달 용돈 한 달+뇽똔 [한 달 룡똔]	一個月零用錢		

例句： ▶ MP3-109

- 우리 무슨 요일에 만날까요?　　　　我們星期幾見呢？
  [우리 무슨 뇨이레 만날까요]

- 나뭇잎이 많이 떨어졌네요.　　　　掉了好多樹葉耶。
  [나문니피 마니 떠러전네요]

- 한국 요리를 좋아하시나요?　　　　喜歡韓國料理嗎？
  [한궁 뇨리를 조아하시나요]

- 정우 씨는 한 달 용돈이 얼마예요?　正宇你一個月的零用錢是多少呢？
  [정우 씨는 한 달 룡또니 얼마예요]

- 구급약을 좀 준비하세요.　　　　　請準備急救藥。
  [구금냐글 좀 준비하세요]

貳·九 「ㄴ」添加

1. 서울역은 어떻게 가나요 ?　　　　請問首爾站怎麼去呢？

_____

2. 할 일이 너무 많아서 주말에도　　要做的事情太多連週末都沒能休息。
　 쉬지 못했어요 .

_____

3. 소독약을 좀 사 왔습니다 .　　　　買了點消毒藥水來。

_____

4. 깻잎을 좋아하십니까 ?　　　　　　你喜歡芝麻葉嗎？

_____

5. 슬픈 이야기는 그만합시다 .　　　　別再說傷心事了。

_____

6. 휘발유 가격이 많이 올랐네요 .　　汽油價格漲了很多耶。

_____

解答 P.160

音韻變化實戰練習

參

실전 1 아버지와 아들과 당나귀

- 어느 날씨 좋은 날 ,

  _____

- 아버지와 아들이 장터로 당나귀를 팔러 가고 있었다 .

  _____

- 아버지는 당나귀를 타고 , 아들은 그 뒤를 따라 걸었다 .

  _____

- 길을 가던 그들은 어떤 아주머니를 만났다 .

  _____

- "아니 , 왜 아버지는 당나귀를 타고 어린 아들은 걸어가는 거지 ?

  _____

- 아버지가 참 인정머리 없군 ." 그 말을 들은 아버지는 아들을 당나귀에

  _____

- 태우고 , 자신은 걸어갔다 .

- 그들은 또 얼마 안 가서 젊은이를 만났다 .

- "왜 아버지는 힘들게 걸어가는데 아들은 편하게 당나귀를 타고 가지 ?

- 아들이 참 버릇없군 ." 그래서 아버지와 아들은 함께 당나귀를 탔다 .

- 한참 가다가 이번에는 농부를 만났다 .

- "아니 , 이런 못된 사람들이 있나 . 작고 어린 당나귀 등에 두 사람이 타면

- 당나귀가 얼마나 힘들겠어 ?"

- 그 말을 들은 아버지와 아들은 당나귀에서 내려 함께 걸어갔다 .

- 그렇게 얼마쯤 가다가 어떤 할아버지를 만났다 .

- "참 이상한 사람들이군 ! 당나귀가 있는데도 타지 않다니 . 당나귀가 그렇게

- 불쌍하면 차라리 메고 가지 !"

- 그 말을 들은 아버지와 아들은 당나귀 다리를 긴 막대에 묶어 어깨에 메고 갔다 .

- 두 사람은 땀을 뻘뻘 흘리며 비틀거렸다 .

- 그런데 다리를 건널 때 당나귀가 발버둥을 치자 장대가 부러지고 말았다 .

- 그 바람에 당나귀는 다리 밑 개울로 풍덩 빠져 버렸다 .

解答 P.161

實戰 1 中譯　爸爸和兒子和驢子

某個天氣非常好的日子，

爸爸和兒子帶著驢子，要去市場把驢子賣掉。

爸爸騎著驢子，兒子則跟在後面。

走著走著他們遇見到一位婦人。

「哎呀，為什麼是爸爸騎著驢子，卻讓年幼的兒子走在後面呢？

這爸爸也太不仁慈了吧！」

爸爸聽到後就讓兒子

騎在驢子上，自己則下來走著。

走了沒多久，他們又遇見了一個年輕人。

「怎麼讓爸爸那麼辛苦用走的，兒子卻輕鬆地騎在驢子上呢？

兒子真是沒大沒小啊！」

於是爸爸和兒子就一起騎在驢子上了。

走了好一會兒，這次遇見了一位農夫。

「哎呀，怎麼有這麼壞的人啊，驢子又小又弱，

你們兩個人騎在上面，驢子多累啊？」

聽到這些話的爸爸和兒子就從驢子上下來，一起走著。

又走了一會兒，遇見了一位爺爺。

「真是奇怪的人們啊！有驢子卻不騎，

如果覺得驢子可憐，怎麼不乾脆扛著走呢！」

聽到此言，爸爸和兒子就用長長的木棍綁在驢子的腿上扛著驢子走了起來。

兩個人流著滿頭大汗身體搖搖晃晃的，

當他們過橋時，驢子蹬了蹬腳，此時木棍斷掉了，

驢子就掉進橋下的溪水裡了。

실전 2 통신 기술 발달과 소통

- 현대 사회는 통신 기술도 매우 발달해서 이전에 비해 다양한 방식으로 보다

  _____

- 더 빠르게 메시지를 주고받을 수 있게 되었지요. 컴퓨터는 물론 핸드폰 기능도

  _____

- 매우 향상되었고요. 하지만 세상이 이렇게 편해졌다지만 현대인들이 사람들과의

  _____

- 소통은 과연 어떨까요? 충분히 소통하고 있을까요?

  _____

- 오히려 반비례로 되지 않았을까요? 대부분의 사람은 소통이 적어진 데다가

  _____

- 소통의 질도 예전에 비해 많이 나빠졌다고 하는데요. 어쩌면 진정한 소통을 못

  _____

- 한 지 꽤 오래된 사람들도 적지 않을 것이고 심지어 진정한 소통의 방식조차

- 잊어버려 가고 있을지도 모르지요 . 오늘부터라도 좋으니 주변

- 사람들과 조금이라도 더 많은 대화를 나눠 보시는 건 어떨까요 ?

解答 P.164

實戰 2 中譯　通訊技術之發達與溝通

現今社會由於通訊技術非常發達，跟以往相比，

能夠以更多元的方式更快速地傳達與接收訊息。不僅是電腦連手機的功能也

提升了許多。但即便世界變得如此方便，人與人之間的

溝通究竟如何？有足夠的溝通嗎？是不是反而成反比呢？

大多數的人皆表示溝通變少，而且溝通的品質也相對變差。

說不定已經有好長一段時間沒能好好溝通的人也為數不少，

甚至或許也漸漸忘卻了真誠的溝通方式。從今開始也好，

試著跟周圍的人多聊聊如何呢？

실전 3 미나의 소개

- 안녕하세요 ? 저는 미나라고 해요 . 저는 대만 사람이고 한국 문화와 한국 노래 ,

- 영화 , 드라마 , 한국어 , 한국 음식 등에 관심이 있어서 한국어를 배우게 되었는데요 .

- 처음에는 그저 한국이 좋아서 취미로 배우기 시작했지만 , 지금까지 꾸준히

- 배우다 보니 한국어 실력도 많이 늘어났고 기본적인 의사소통은 물론이고

- 다른 꿈들도 생겼어요 . 그건 바로 한국어 실력을 발휘해서 적성에 맞는 일자리를

- 구해 보고 싶다는 거였어요 . 한국어에 능통하면 여러 가지 일을 할 수 있 더라고요 .

참

實戰練習

- 회사 여러 관련 부서에서 일할 수도 있고 한국어 교육이나 통·번역 등 분야에서도

  _____

- 실력을 발휘할 수 있으니까요. 저는 지금 한국 회사에 다니고 있는데

  _____

- 한국어를 꾸준히 배우고 있어요. 한국어는 배울수록 재미있어요.

  _____

- 이야말로 일석이조지요. 여러분도 한번 배워 보세요.

  _____

解答 P.165

實戰 3 中譯　美娜的介紹

你好，我叫做美娜，我是臺灣人，對於韓國文化和韓國歌曲、

電影、連續劇、韓語、韓國美食等皆感興趣，因此就開始學韓語了。

雖然一開始只是因為喜歡韓國而開始學習，但持續學習下來，

韓語能力大大提升，不只是基本的溝通，甚至也有了其他的夢想，

那就是想發揮韓語實力，找到更符合我的工作。

原來韓語若能精通，可以做很多種工作耶。因為可以在公司很多相關部門工作，

也可致力於韓語教育、口譯、筆譯等領域。

我目前在韓國公司上班，但我仍然持續學習韓語，

我覺得韓語越學越有趣，真所謂一石二鳥，

各位也學學看吧。

參

實戰練習

노트장 (자기의 필기를 써 보세요)
| 我的筆記 (寫寫看自己的筆記) |

附錄 1、韓語標準發音法
표준 발음법

1988 년 1 월 19 일 대한민국 문교부 고시 제 88 － 2 호
1988 年 1 月 19 日韓國文教部告示第 88 － 2 號

표준 발음법

제1장: 총칙

제1항

표준 발음법은 표준어의 실제 발음을 따르되, 국어의 전통성과 합리성을 고려하여 정함을 원칙으로 한다.

제2장: 자음과 모음

제2항

표준어의 자음은 다음 19개로 한다.

ㄱ, ㄲ, ㄴ, ㄷ, ㄸ, ㄹ, ㅁ, ㅂ, ㅃ, ㅅ, ㅆ, ㅇ, ㅈ, ㅉ, ㅊ, ㅋ, ㅌ, ㅍ, ㅎ

제3항

표준어의 모음은 다음 21개로 한다.

ㅏ, ㅐ, ㅑ, ㅒ, ㅓ, ㅔ, ㅕ, ㅖ, ㅗ, ㅘ, ㅙ, ㅚ, ㅛ, ㅜ, ㅝ, ㅞ, ㅟ, ㅠ, ㅡ, ㅢ, ㅣ

제4항

'ㅏ, ㅐ, ㅓ, ㅔ, ㅗ, ㅚ, ㅜ, ㅟ, ㅡ, ㅣ'는 단모음(單母音)으로 발음한다.

[붙임] 'ㅚ, ㅟ'는 이중 모음으로 발음할 수 있다.

제5항

'ㅑ, ㅒ, ㅕ, ㅖ, ㅘ, ㅙ, ㅛ, ㅝ, ㅞ, ㅠ, ㅢ'는 이중 모음으로 발음한다.

다만 1. 용언의 활용형에 나타나는 '져, 쪄, 쳐'는 [저, 쪄, 처] 로 발음한다.

가지어→가져[가저]   찌어→쪄[쪄]   다치어→다쳐[다처]

다만 2. '예, 례' 이외의 'ㅖ'는 [ㅔ] 로도 발음한다.

계집[계 : 집/게 : 집]   계시다[계 : 시다/게 : 시다]

시계[시계/시게] (時計)   연계[연계/연게] (連繫)

몌별[몌별/메별] (袂別)   개폐[개폐/개페] (開閉)

혜택[혜 : 택/헤 : 택] (惠澤)   지혜[지혜/지헤] (智慧)

다만 3. 자음을 첫소리로 가지고 있는 음절의 'ㅢ'는 [ㅣ] 로 발음한다.

늴리리[닐리리]   닝큼[닝큼]   무늬[무니]   띄어쓰기[띠어쓰기]   씌어[씨어]

틔어[티어]   희어[히어]   희떱다[히떱따]   희망[히망]   유희[유히]

다만 4. 단어의 첫음절 이외의 '의'는 [ㅣ] 로, 조사 '의'는 [ㅔ] 로 발음함도 허용한다.

주의[주의/주이]   협의[혀븨/혀비]

우리의[우리의/우리에]   강의의[강 : 의의/강 : 이에]

제 3 장 : 음의 길이

제 6 항

모음의 장단을 구별하여 발음하되, 단어의 첫음절에서만 긴소리가 나타나는 것을
원칙으로 한다.

  (1) 눈보라[눈 : 보라]   말씨[말 : 씨]   밤나무[밤 : 나무]
      많다[만 : 타]   멀리[멀 : 리]   벌리다[벌 : 리다]
  (2) 첫눈[천눈]   참말[참말]   쌍동밤[쌍동밤]
      수많이[수 : 마니]   눈멀다[눈멀다]   떠벌리다[떠벌리다]

다만, 합성어의 경우에는 둘째 음절 이하에서도 분명한 긴소리를 인정한다.

반신반의[반 : 신 바 : 늬/반 : 신 바 : 니]

재삼재사[재 : 삼 재 : 사]

[붙임] 용언의 단음절 어간에 어미 '- 아 /- 어'가 결합되어 한 음절로 축약되는
경우에도 긴소리로 발음한다 .

보아→봐[봐 :] 　　　기어→겨[겨 :] 　　　되어→돼[돼 :]

두어→둬[둬 :] 　　　하여→해[해 :]

다만 , '오아→와 , 지어→져 , 찌어→쪄 , 치어→쳐' 등은 긴소리로 발음하지 않는다 .

제 7 항

긴소리를 가진 음절이라도 , 다음과 같은 경우에는 짧게 발음한다 .

1. 단음절인 용언 어간에 모음으로 시작된 어미가 결합되는 경우

감다[감 : 따]-감으니[가므니] 　　　밟다[밥 : 따]-밟으면[발브면]

신다[신 : 따]-신어[시너] 　　　알다[알 : 다]-알아[아라]

다만 , 다음과 같은 경우에는 예외적이다 .

끌다[끌 : 다]-끌어[끄 : 러] 　　　떫다[떨 : 따]-떫은[떨 : 븐]

벌다[벌 : 다]-벌어[버 : 러] 　　　썰다[썰 : 다]-썰어[써 : 러]

없다[업 : 따]-없으니[업 : 쓰니]

2. 용언 어간에 피동 , 사동의 접미사가 결합되는 경우 .

감다[감 : 따]-감기다[감기다]

꼬다[꼬 : 다]-꼬이다[꼬이다]

밟다[밥 : 따]-밟히다[발피다]

다만 , 다음과 같은 경우에는 예외적이다 .

끌리다[끌 : 리다] 　　　벌리다[벌 : 리다] 　　　없애다[업 : 쌔다]

[붙임] 다음과 같은 복합어에서는 본디의 길이에 관계없이 짧게 발음한다 .

밀-물 　　　　썰-물 　　　　쏜-살-같이 　　　　작은-아버지

제 4 장: 받침의 발음

제 8 항

받침소리로는 'ㄱ, ㄴ, ㄷ, ㄹ, ㅁ, ㅂ, ㅇ'의 7 개 자음만 발음한다.

제 9 항

받침 'ㄲ, ㅋ', 'ㅅ, ㅆ, ㅈ, ㅊ, ㅌ', 'ㅍ'은 어말 또는 자음 앞에서 각각 대표음 [ㄱ, ㄷ, ㅂ] 으로 발음한다.

닦다[닥따]	키읔[키윽]	키읔과[키윽꽈]	옷[옫]
웃다[욷 : 따]	있다[읻따]	젖[젇]	빚다[빋따]
꽃[꼳]	쫓다[쫃따]	솥[솓]	뱉다[밷 : 따]
앞[압]	덮다[덥따]		

제 10 항

겹받침 'ㄳ, ㄵ, ㄼ, ㄽ, ㄾ, ㅄ'은 어말 또는 자음 앞에서 각각 [ㄱ, ㄴ, ㄹ, ㅂ] 으로 발음한다.

넋[넉]	넋과[넉꽈]	앉다[안따]	여덟[여덜]	넓다[널따]
외곬[외골]	핥다[할따]	값[갑]	없다[업 : 따]	

다만, '밟 -'은 자음 앞에서 [밥] 으로 발음하고, '넓 -'은 다음과 같은 경우에 [넙] 으로 발음한다.

(1) 밟다[밥 : 따]	밟소[밥 : 쏘]	밟지[밥 : 찌]
밟는[밥 : 는→밤 : 는]	밟게[밥 : 께]	밟고[밥 : 꼬]
(2) 넓-죽하다[넙쭈카다]	넓-둥글다[넙뚱글다]	

제 11 항

겹받침 'ㄺ, ㄻ, ㄿ'은 어말 또는 자음 앞에서 각각 [ㄱ, ㅁ, ㅂ] 으로 발음한다.

닭[닥]	흙과[흑꽈]	맑다[막따]	늙지[늑찌]
삶[삼 :]	젊다[점 : 따]	읊고[읍꼬]	읊다[읍따]

附錄 1 韓語標準發音法

다만, 용언의 어간 말음 'ㄺ'은 'ㄱ' 앞에서 [ㄹ]로 발음한다.

맑게[말께]	묽고[물꼬]	얽거나[얼꺼나]

제 12 항

받침 'ㅎ'의 발음은 다음과 같다.

1. 'ㅎ(ㄶ, ㅀ)' 뒤에 'ㄱ, ㄷ, ㅈ'이 결합되는 경우에는, 뒤 음절 첫소리와 합쳐서 [ㅋ, ㅌ, ㅊ]으로 발음한다.

놓고[노코]	좋던[조ː턴]	쌓지[싸치]
많고[만ː코]	않던[안턴]	닳지[달치]

[붙임 1] 받침 'ㄱ(ㄺ), ㄷ, ㅂ(ㄼ), ㅈ(ㄵ)'이 뒤 음절 첫소리 'ㅎ'과 결합되는 경우에도, 역시 두 음을 합쳐서 [ㅋ, ㅌ, ㅍ, ㅊ]으로 발음한다.

각하[가카]	먹히다[머키다]	밝히다[발키다]	맏형[마텽]
좁히다[조피다]	넓히다[널피다]	꽂히다[꼬치다]	앉히다[안치다]

[붙임 2] 규정에 따라 'ㄷ'으로 발음되는 'ㅅ, ㅈ, ㅊ, ㅌ'의 경우에도 이에 준한다.

옷 한 벌[오탄벌]	낮 한때[나탄때]
꽃 한 송이[꼬탄송이]	숱하다[수타다]

2. 'ㅎ(ㄶ, ㅀ)' 뒤에 'ㅅ'이 결합되는 경우에는, 'ㅅ'을 [ㅆ]으로 발음한다.

닿소[다쏘]	많소[만ː쏘]	싫소[실쏘]

3. 'ㅎ' 뒤에 'ㄴ'이 결합되는 경우에는, [ㄴ]으로 발음한다.

놓는[논는]	쌓네[싼네]

[붙임] 'ㄶ, ㅀ' 뒤에 'ㄴ'이 결합되는 경우에는, 'ㅎ'을 발음하지 않는다.

않네[안네]	않는[안는]	뚫네[뚤네→뚤레]	뚫는[뚤는→뚤른]

* '뚫네[뚤네→뚤레], 뚫는[뚤는→뚤른]'에 대해서는 제 20 항 참조.

4. 'ㅎ(ㄶ, ㅀ)' 뒤에 모음으로 시작된 어미나 접미사가 결합되는 경우에는, 'ㅎ'을 발음하지 않는다.

낳은[나은]	놓아[노아]	쌓이다[싸이다]	많아[마 : 나]
않은[아는]	닳아[다라]	싫어도[시러도]	

제 13 항

홑받침이나 쌍받침이 모음으로 시작된 조사나 어미 , 접미사와 결합되는 경우에는 , 제 음가대로 뒤 음절 첫소리로 옮겨 발음한다 .

깎아[까까]	옷이[오시]	있어[이써]	낮이[나지]	꽂아[꼬자]
꽃을[꼬츨]	쫓아[쪼차]	밭에[바테]	앞으로[아프로]	덮이다[더피다]

제 14 항

겹받침이 모음으로 시작된 조사나 어미 , 접미사와 결합되는 경우에는 , 뒤엣것만을 뒤 음절 첫소리로 옮겨 발음한다 .(이 경우 , 'ㅅ'은 된소리로 발음함 .)

넋이[넉씨]	앉아[안자]	닭을[달글]	젊어[절머]	곬이[골씨]
핥아[할타]	읊어[을퍼]	값을[갑쓸]	없어[업 : 써]	

제 15 항

받침 뒤에 모음 'ㅏ , ㅓ , ㅗ , ㅜ , ㅟ'들로 시작되는 실질 형태소가 연결되는 경우에는 , 대표음으로 바꾸어서 뒤 음절 첫소리로 옮겨 발음한다 .

밭 아래[바다래]	늪 앞[느밥]	젖어미[저더미]	맛없다[마덥따]
겉옷[거돋]	헛웃음[허두슴]	꽃 위[꼬뒤]	

다만 , '맛있다 , 멋있다'는 [마싣따], [머싣따] 로도 발음할 수 있다 .

[붙임] 겹받침의 경우에는 , 그 중 하나만을 옮겨 발음한다 .

넋 없다[너겁따]	닭 앞에[다가페]	값어치[가버치]	값있는[가빈는]

제 16 항

한글 자모의 이름은 그 받침소리를 연음하되 , 'ㄷ , ㅈ , ㅊ , ㅋ , ㅌ , ㅍ , ㅎ'의 경우에는 특별히 다음과 같이 발음한다 .

디귿이[디그시]	디귿을[디그슬]	디귿에[디그세]
지읒이[지으시]	지읒을[지으슬]	지읒에[지으세]

치읓이[치으시]	치읓을[치으슬]	치읓에[치으세]
키읔이[키으기]	키읔을[키으글]	키읔에[키으게]
티읕이[티으시]	티읕을[티으슬]	티읕에[티으세]
피읖이[피으비]	피읖을[피으블]	피읖에[피으베]
히읗이[히으시]	히읗을[히으슬]	히읗에[히으세]

제 5 장 : 음의 동화

제 17 항

받침 'ㄷ, ㅌ(ㄾ)'이 조사나 접미사의 모음 'ㅣ'와 결합되는 경우에는, [ㅈ, ㅊ]으로 바꾸어서 뒤 음절 첫소리로 옮겨 발음한다.

곧이듣다[고지듣따]	굳이[구지]	미닫이[미다지]
땀받이[땀바지]	밭이[바치]	벼훑이[벼훌치]

[붙임] 'ㄷ' 뒤에 접미사 '히'가 결합되어 '티'를 이루는 것은 [치] 로 발음한다.

굳히다 [구치다]	닫히다 [다치다]	묻히다 [무치다]

제 18 항

받침 'ㄱ(ㄲ, ㅋ, ㄳ, ㄺ), ㄷ(ㅅ, ㅆ, ㅈ, ㅊ, ㅌ, ㅎ), ㅂ(ㅍ, ㄼ, ㄿ, ㅄ)'은 'ㄴ, ㅁ' 앞에서 [ㅇ, ㄴ, ㅁ] 으로 발음한다.

먹는[멍는]	국물[궁물]	깎는[깡는]	키읔만[키응만]
몫몫이[몽목씨]	긁는[긍는]	흙만[흥만]	닫는[단는]
짓는[진 : 는]	옷맵시[온맵씨]	있는[인는]	맞는[만는]
젖멍울[전멍울]	쫓는[쫀는]	꽃망울[꼰망울]	붙는[분는]
놓는[논는]	잡는[잠는]	밥물[밤물]	앞마당[암마당]
밟는[밤 : 는]	읊는[음는]	없는[엄 : 는]	값매다[감매다]

[붙임] 두 단어를 이어서 한 마디로 발음하는 경우에도 이와 같다.

책 넣는다[챙넌는다]	흙 말리다[흥말리다]	옷 맞추다[온맏추다]
밥 먹는다[밤멍는다]	값 매기다[감매기다]	

제 19 항

받침 'ㅁ , ㅇ' 뒤에 연결되는 'ㄹ'은 [ㄴ] 으로 발음한다 .

담력[담 : 녁]	침략[침냑]	강릉[강능]	항로[항 : 노]
대통령[대 : 통녕]			

[붙임] 받침 'ㄱ , ㅂ' 뒤에 연결되는 'ㄹ'도 [ㄴ] 으로 발음한다 .

막론[막논→망논]	백리[백니→뱅니]	협력[협녁→혐녁]	십리[십니→심니]

제 20 항

'ㄴ'은 'ㄹ'의 앞이나 뒤에서 [ㄹ] 로 발음한다 .

(1)난로[날 : 로]	신라[실라]	천리[철리]	
광한루[광 : 할루]	대관령[대 : 괄령]		
(2)칼날[칼랄]	물난리[물랄리]	줄넘기[줄럼끼]	
할는지[할른지]			

[붙임] 첫소리 'ㄴ'이 'ㅀ', 'ㄾ' 뒤에 연결되는 경우에도 이에 준한다 .

닳는[달른]	뚫는[뚤른]	핥네[할레]

다만 , 다음과 같은 단어들은 'ㄹ'을 [ㄴ] 으로 발음한다 .

의견란[의 : 견난]	임진란[임 : 진난]	생산량[생산냥]
결단력[결딴녁]	공권력[공꿘녁]	동원령[동 : 원녕]
상견례[상견녜]	횡단로[횡단노]	이원론[이 : 원논]
입원료[이붠뇨]	구근류[구근뉴]	

제 21 항

위에서 지적한 이외의 자음동화는 인정하지 않는다 .

감기[감 : 기](×[강 : 기])	옷감[옫깜](×[옥깜])
있고[읻꼬](×[익꼬])	꽃길[꼳낄](×[꼭낄])
젖먹이[전머기](×[점머기])	문법[문뻡](×[뭄뻡])
꽃밭[꼳빧](×[꼽빧])	

제 22 항

다음과 같은 용언의 어미는 [어] 로 발음함을 원칙으로 하되 , [여] 로 발음함도
허용한다 .

되어[되어/되여]	피어[피어/피여]

[붙임] '이오 , 아니오'도 이에 준하여 [이요 , 아니요] 로 발음함을 허용한다 .

제 6 장 : 경음화

제 23 항

받침 'ㄱ (ㄲ , ㅋ , ㄳ , ㄺ), ㄷ (ㅅ , ㅆ , ㅈ , ㅊ , ㅌ), ㅂ (ㅍ , ㄼ , ㄿ , ㅄ)' 뒤에 연결되는 'ㄱ ,
ㄷ , ㅂ , ㅅ , ㅈ'은 된소리로 발음한다 .

국밥[국빱]	깎다[깍따]	넋받이[넉빠지]
삯돈[삭똔]	닭장[닥짱]	칡범[칙뻠]
뻗대다[뻗때다]	옷고름[옫꼬름]	있던[읻떤]
꽃고[꼳꼬]	꽃다발[꼳따발]	낯설다[낟썰다]
밭갈이[받까리]	솥전[솓쩐]	곱돌[곱똘]
덮개[덥깨]	옆집[엽찝]	넓죽하다[넙쭈카다]
읊조리다[읍쪼리다]	값지다[갑찌다]	

제 24 항

어간 받침 'ㄴ (ㄵ), ㅁ (ㄻ)' 뒤에 결합되는 어미의 첫소리 'ㄱ , ㄷ , ㅅ , ㅈ'은
된소리로 발음한다 .

신고[신 : 꼬]	껴안다[껴안따]	앉고[안꼬]	닭고[담 : 꼬]
삼고[삼 : 꼬]	더듬지[더듬찌]	얹다[언따]	젊지[점 : 찌]

다만 , 피동 , 사동의 접미사 '- 기 -'는 된소리로 발음하지 않는다 .

안기다[안기다]	감기다[감기다]	굶기다[굼기다]	옮기다[옴기다]

제 25 항

어간 받침 '쾨 , ᆴ' 뒤에 결합되는 어미의 첫소리 'ㄱ , ㄷ , ㅅ , ㅈ'은 된소리로
발음한다 .

넓게[널께]	핥다[할따]	훑소[훌쏘]	떫지[떨ː찌]

제 26 항

한자어에서 , 'ㄹ' 받침 뒤에 연결되는 'ㄷ , ㅅ , ㅈ'은 된소리로 발음한다 .

갈등[갈뜽]	발동[발똥]	절도[절또]	말살[말쌀]
불소[불쏘](弗素)	일시[일씨]	갈증[갈쯩]	물질[물찔]
발전[발쩐]	몰상식[몰쌍식]	불세출[불쎄출]	

다만 , 같은 한자가 겹쳐진 단어의 경우에는 된소리로 발음하지 않는다 .

허허실실[허허실실](虛虛實實)	절절-하다[절절하다](切切-)

제 27 항

관형사형 '-(으) ㄹ' 뒤에 연결되는 'ㄱ , ㄷ , ㅂ , ㅅ , ㅈ'은 된소리로 발음한다 .

할 것을[할꺼슬]	갈 데가[갈떼가]	할 바를[할빠를]
할 수는[할쑤는]	할 적에[할쩌게]	갈 곳[갈꼳]
할 도리[할또리]	만날 사람[만날싸람]	

다만 , 끊어서 말할 적에는 예사소리로 발음한다 .

[붙임] '-(으) ㄹ'로 시작되는 어미의 경우에도 이에 준한다 .

할걸[할껄]	할밖에[할빠께]	할세라[할쎄라]
할수록[할쑤록]	할지라도[할찌라도]	할지언정[할찌언정]
할진대[할찐대]		

제 28 항

표기상으로는 사이시옷이 없더라도 , 관형격 기능을 지니는 사이시옷이 있어야
할 (휴지가 성립되는) 합성어의 경우에는 , 뒤 단어의 첫소리 'ㄱ , ㄷ , ㅂ , ㅅ , ㅈ'을
된소리로 발음한다 .

문-고리[문꼬리]	눈-동자[눈똥자]	신-바람[신빠람]
산-새[산쌔]	손-재주[손째주]	길-가[길까]
물-동이[물똥이]	발-바닥[발빠닥]	굴-속[굴 : 쏙]
술-잔[술짠]	바람-결[바람껼]	그믐-달[그믐딸]
아침-밥[아침빱]	잠-자리[잠짜리]	강-가[강까]
초승-달[초승딸]	등-불[등뿔]	창-살[창쌀]
강-줄기[강쭐기]		

제 7 장 : 음의 첨가

제 29 항

합성어 및 파생어에서 , 앞 단어나 접두사의 끝이 자음이고 뒤 단어나 접미사의
첫음절이 '이 , 야 , 여 , 요 , 유'인 경우에는 , 'ㄴ' 음을 첨가하여 [니 , 냐 , 녀 , 뇨 ,
뉴] 로 발음한다 .

솜-이불[솜 : 니불]	홑-이불[혼니불]	막-일[망닐]
삯-일[상닐]	맨-입[맨닙]	꽃-잎[꼰닙]
내복-약[내 : 봉냑]	한-여름[한녀름]	남존-여비[남존녀비]
신-여성[신녀성]	색-연필[생년필]	직행-열차[지캥녈차]
늑막-염[능망념]	콩-엿[콩녇]	담-요[담 : 뇨]
눈-요기[눈뇨기]	영업-용[영엄뇽]	식용-유[시굥뉴]
국민-윤리[궁민뉼리]	밤-윷[밤 : 뉻]	

다만 , 다음과 같은 말들은 'ㄴ' 음을 첨가하여 발음하되 , 표기대로 발음할 수 있다 .

이죽-이죽[이중니죽/이주기죽]	야금-야금[야금냐금/야그먀금]
검열[검 : 녈/거 : 멸]	욜랑-욜랑[욜랑뇰랑/욜랑욜랑]
금융[금늉/그뮹]	

[붙임 1] 'ㄹ' 받침 뒤에 첨가되는 'ㄴ' 음은 [ㄹ] 로 발음한다 .

들-일[들 : 릴]	솔-잎[솔립]	설-익다[설릭따]
물-약[물략]	불-여우[불려우]	서울-역[서울력]
물-엿[물렫]	휘발-유[휘발류]	유들-유들[유들류들]

[붙임 2] 두 단어를 이어서 한 마디로 발음하는 경우에도 이에 준한다 .

한 일[한닐]	옷 입다[온닙따]	서른여섯[서른녀섣]
3연대[삼년대]	먹은 엿[머근녇]	할 일[할릴]
잘 입다[잘립따]	스물여섯[스물려섣]	1연대[일련대]
먹을 엿[머글렫]		

다만 , 다음과 같은 단어에서는 'ㄴ (ㄹ)' 음을 첨가하여 발음하지 않는다 .

6·25[유기오]	3·1절[사밀쩔]	송별-연[송 : 벼련]
등-용문[등용문]		

제 30 항

사이시옷이 붙은 단어는 다음과 같이 발음한다 .

1. 'ㄱ , ㄷ , ㅂ , ㅅ , ㅈ'으로 시작하는 단어 앞에 사이시옷이 올 때는 이들 자음만을
   된소리로 발음하는 것을 원칙으로 하되 , 사이시옷을 [ㄷ] 으로 발음하는 것도
   허용한다 .

냇가[내 : 까/낻 : 까]	샛길[새 : 낄/샏 : 낄]
빨랫돌[빨래똘/빨랟똘]	콧등[코뜽/콛뜽]
깃발[기빨/긷빨]	대팻밥[대 : 패빱/대 : 팯빱]
햇살[해쌀/핻쌀]	뱃속[배쏙/밷쏙]
뱃전[배쩐/밷쩐]	고갯짓[고개찓/고갣찓]

2. 사이시옷 뒤에 'ㄴ , ㅁ'이 결합되는 경우에는 [ㄴ] 으로 발음한다 .

콧날[콛날→콘날]	아랫니[아랟니→아랜니]
툇마루[퇻 : 마루→퇸 : 마루]	뱃머리[밷머리→밴머리]

3. 사이시옷 뒤에 '이' 음이 결합되는 경우에는 [ㄴㄴ] 으로 발음한다 .

베갯잇[베갣닏→베갠닏]	깻잎[깯닙→깬닙]
나뭇잎[나묻닙→나문닙]	도리깻열[도리깯녈→도리깬녈]
뒷윷[뒫 : 뉻→뒨 : 뉻]	

韓語標準發音法

第1章　總則

第1項

標準發音法原則上是依據標準語的實際發音，但要以兼顧到國語（韓國語）的傳統性與合理性為原則訂定之。

第2章 子音和母音

第2項

標準語的子音為以下19個。

ㄱ、ㄲ、ㄴ、ㄷ、ㄸ、ㄹ、ㅁ、ㅂ、ㅃ、ㅅ、ㅆ、ㅇ、ㅈ、ㅉ、ㅊ、ㅋ、ㅌ、ㅍ、ㅎ

第3項

標準語的母音為以下21個。

ㅏ、ㅐ、ㅑ、ㅒ、ㅓ、ㅔ、ㅕ、ㅖ、ㅗ、ㅘ、ㅙ、ㅚ、ㅛ、ㅜ、ㅝ、ㅞ、ㅟ、ㅠ、ㅡ、ㅢ、ㅣ

第4項

「ㅏ、ㅐ、ㅓ、ㅔ、ㅗ、ㅚ、ㅜ、ㅟ、ㅡ、ㅣ」是以單母音的方式發音。

[附註]「ㅚ、ㅟ」亦可以複母音的方式發音。

第5項

「ㅑ、ㅒ、ㅕ、ㅖ、ㅘ、ㅙ、ㅛ、ㅝ、ㅞ、ㅠ、ㅢ」是以複母音的方式發音。

但1.出現在用言變化形的「져、쪄、쳐」則發音成[저、쩌、처]。

가지어→가져[가저]　　　찌어→쪄[쩌]　　　　　　다치어→다쳐[다처]

但2.「예、례」以外的「ㅖ」亦可發音為[ㅔ]。

계집[계ː집/게ː집]　　　　　계시다[계ː시다/게ː시다]

시계[시계/시게]（時計）　　 연계[연계/연게]（連繫）

메별[메별/메별]（袂別）　　 개폐[개폐/개페]（開閉）

혜택[혜ː택/헤ː택]（惠澤）　 지혜[지혜/지헤]（智慧）

但3.初聲為子音時，音節中的「ㅢ」則發音為[ㅣ]。

늴리리[닐리리]　　닝큼[닝큼]　　무늬[무니]　　띄어쓰기[띠어쓰기]　　씌어[씨어]

틔어[티어]　　　　희어[히어]　　희떱다[히떱따]　　희망[히망]　　　　유희[유히]

但4.單字第一個音節以外的「의」亦可發音為[ㅣ]，助詞「의」亦可發音為[ㅔ]。

주의[주의/주이]　　　　　　　협의[혀븨/혀비]

우리의[우리의/우리에]　　　　 강의의[강ː의의/강ː이에]

第3章 音的長度

第6項

母音的發音有長音及短音，唯原則上長音只出現在單字的第一個音節。

　（1）눈보라[눈ː보라]　　말씨[말ː씨]　　밤나무[밤ː나무]

　　　 많다[만ː타]　　　　멀리[멀ː리]　　벌리다[벌ː리다]

　（2）첫눈[천눈]　　　　 참말[참말]　　쌍동밤[쌍동밤]

　　　 수많이[수ː마니]　　눈멀다[눈멀다]　떠벌리다[떠벌리다]

但，若為複合語時，在第二個音節之後也可發長音。

반신반의[반ː신 바ː늬/반ː신 바ː니]

재삼재사[재ː삼 재ː사]

[附註]用言的單音節語幹與語尾「-아/-어」結合而縮略成一個音節時亦發長音。

보아→봐[봐ː]	기어→겨[겨ː]	되어→돼[돼ː]
두어→둬[둬ː]	하여→해[해ː]	

但，「오아→와、지어→져、찌어→쪄、치어→쳐」等則不發成長音。

第7項

含有長音的音節，在下列情形下則發成短音。

1. 單音節的語幹與母音節開頭的語尾結合的情形。

감다[감ː따]-감으니[가므니]	밟다[밥ː따]-밟으면[발브면]
신다[신ː따]-신어[시너]	알다[알ː다]-알아[아라]

但，以下的情形則例外。

끌다[끌ː다]-끌어[끄ː러]	떫다[떫ː따]-떫은[떨ː븐]
벌다[벌ː다]-벌어[버ː러]	썰다[썰ː다]-썰어[써ː러]
없다[업ː따]-없으니[업ː쓰니]	

2. 用言的語幹與被動、使役動詞的接尾詞結合的情形。

감다[감ː따]-감기다[감기다]
꼬다[꼬ː다]-꼬이다[꼬이다]
밟다[밥ː따]-밟히다[발피다]

但，以下的情形則例外。

끌리다[끌ː리다]	벌리다[벌ː리다]	없애다[업ː쌔다]

[附註]以下的複合語無論原本的長度如何皆發成短音。

밀-물	썰-물	쏜-살-같이	작은-아버지

第 4 章　終聲的發音

第 8 項

終聲只以「ㄱ、ㄴ、ㄷ、ㄹ、ㅁ、ㅂ、ㅇ」這7個子音來發音。

第 9 項

終聲「ㄲ、ㅋ」，「ㅅ、ㅆ、ㅈ、ㅊ、ㅌ」，「ㅍ」在單字的語末及子音前，分別以代表音[ㄱ、ㄷ、ㅂ]來發音。

닦다[닥따]	키읔[키윽]	키읔과[키윽꽈]	옷[옫]
웃다[욷 : 따]	있다[읻따]	젖[젇]	빚다[빋따]
꽃[꼳]	쫓다[쫃따]	솥[솓]	뱉다[밷 : 따]
앞[압]	덮다[덥따]		

第 10 項

雙韻尾「ㄳ」、「ㄵ」、「ㄼ、ㄽ、ㄾ」、「ㅄ」在語末及子音前，分別以代表音[ㄱ、ㄴ、ㄹ、ㅂ]來發音。

넋[넉]	넋과[넉꽈]	앉다[안따]	여덟[여덜]	넓다[널 따]
외곬[외골]	핥다[할따]	값[갑]	없다[업 : 따]	

但，「밟-」在子音前面時發音為[밥]，「넓-」在下列情形時發音為[넙]。

（1）밟다[밥 : 따]	밟소[밥 : 쏘]	밟지[밥 : 찌]
밟는[밥 : 는→밤 : 는]	밟게[밥 : 께]	밟고[밥 : 꼬]
（2）넓-죽하다[넙쭈카다]	넓-둥글다[넙뚱글다]	

第 11 項

雙韻尾「ㄺ、ㄻ、ㄿ」在語末及子音前面時，分別以代表音[ㄱ、ㅁ、ㅂ]來發音。

닭[닥]	흙과[흑꽈]	맑다[막따]	늙지[늑찌]
삶[삼 :]	젊다[점 : 따]	읊고[읍꼬]	읊다[읍따]

但，用言語幹的終聲「ㄺ」在「ㄱ」前面時發音為[ㄹ]。

맑게[말께]	묽고[물꼬]	얽거나[얼꺼나]

第 12 項

終聲「ㅎ」的發音如下：

1. 「ㅎ(ㄶ、ㅀ)」的後方連接「ㄱ、ㄷ、ㅈ」時, 與後方音節的初聲合併發音成[ㅋ、ㅌ、ㅊ]。

놓고[노코]	좋던[조 : 턴]	쌓지[싸치]
많고[만 : 코]	않던[안턴]	닳지[달치]

[附註1]終聲「ㄱ(ㄺ)、ㄷ、ㅂ(ㄼ)、ㅈ(ㄵ)」與後方音節的初聲「ㅎ」結合時，兩個音同樣會合併而發音為[ㅋ、ㅌ、ㅍ、ㅊ]。

각하[가카]	먹히다[머키다]	밝히다[발키다]	맏형[마텽]
좁히다[조피다]	넓히다[널피다]	꽂히다[꼬치다]	앉히다[안치다]

[附註2]依規定發音成「ㄷ」的「ㅅ、ㅈ、ㅊ、ㅌ」亦須遵守上述之規則。

옷 한 벌[오탄벌]	낮 한때[나탄때]
꽃 한 송이[꼬탄송이]	숱하다[수타다]

2. 「ㅎ(ㄶ、ㅀ)」後方連接「ㅅ」時，「ㅅ」則發音成[ㅆ]。

닿소[다쏘]	많소[만 : 쏘]	싫소[실쏘]

3. 「ㅎ」後方連接「ㄴ」時，發音成[ㄴ]。

놓는[논는]	쌓네[싼네]

[附註]「ㄶ、ㅀ」後方連接「ㄴ」時，「ㅎ」不發音。

않네[안네]	않는[안는]	뚫네[뚤네→뚤레]	뚫는[뚤는→뚤른]

*關於「뚫네」[뚤네→뚤레]，「뚫는」[뚤는→뚤른]請參考第20項。

4. 「ㅎ(ㄶ、ㅀ)」後方連接以母音開頭的語尾及接尾詞時，「ㅎ」不發音。

낳은[나은]	놓아[노아]	쌓이다[싸이다]	많아[마 : 나]
않은[아는]	닳아[다라]	싫어도[시러도]	

第 13 項

單韻尾或雙韻尾連結以母音開頭的助詞、語尾以及接尾詞時，則依原本的音價移至後方音節的初聲發音。

깎아[까까]	옷이[오시]	있어[이써]	낮이[나지]	꽂아[꼬자]
꽃을[꼬츨]	쫓아[쪼차]	밭에[바테]	앞으로[아프로]	덮이다[더피다]

第 14 項

雙韻尾連結以母音開頭的助詞、語尾以及接尾詞時，只把後一音移至後方音節的初聲發音。（此時「ㅅ」會發成硬音。）

넋이[넉씨]	앉아[안자]	닭을[달글]	젊어[절머]	곬이[골씨]
핥아[할타]	읊어[을퍼]	값을[갑쓸]	없어[업 : 써]	

第 15 項

終聲後方連接母音「ㅏ、ㅓ、ㅗ、ㅜ、ㅟ」開頭的實質形態素時，變成代表音之後移至後方音節的初聲發音。

밭 아래[바다래]	늪 앞[느밥]	젖어미[저더미]	맛없다[마덥따]
겉옷[거돈]	헛웃음[허두슴]	꽃 위[꼬뒤]	

但「맛있다、멋있다」則亦可發音為[마싣따]、[머싣따]。

[附註]雙韻尾時只將其中一個音移至後方發音。

넋 없다[너겁따]	닭 앞에[다가페]	값어치[가버치]	값있는[가빈는]

第 16 項

韓語字母的名稱，終聲做連音，但「ㄷ、ㅈ、ㅊ、ㅋ、ㅌ、ㅍ、ㅎ」較特別，按照下列方式發音。

디귿이[디그시]	디귿을[디그슬]	디귿에[디그세]
지읒이[지으시]	지읒을[지으슬]	지읒에[지으세]
치읓이[치으시]	치읓을[치으슬]	치읓에[치으세]
키읔이[키으기]	키읔을[키으글]	키읔에[키으게]
티읕이[티으시]	티읕을[티으슬]	티읕에[티으세]
피읖이[피으비]	피읖을[피으블]	피읖에[피으베]
히읗이[히으시]	히읗을[히으슬]	히읗에[히으세]

第 5 章 音的同化

第 17 項

終聲「ㄷ、ㅌ(ㄾ)」與助詞或接尾詞的母音「ㅣ」結合時，變化成[ㅈ、ㅊ]之後移至後方音節的初聲發音。

곧이듣다[고지듣따]	굳이[구지]	미닫이[미다지]
땀받이[땀바지]	밭이[바치]	벼훑이[벼훌치]

[附註]「ㄷ」與接尾詞「히」連結而成「티」時發音成[치]。

굳히다[구치다]	닫히다[다치다]	묻히다[무치다]

第 18 項

終聲「ㄱ(ㄲ、ㅋ、ㄳ、ㄺ)、ㄷ(ㅅ、ㅆ、ㅈ、ㅊ、ㅌ、ㅎ)、ㅂ(ㅍ、ㄼ、ㄿ、ㅄ)」在「ㄴ、ㅁ」前面時發音成[ㅇ、ㄴ、ㅁ]。

먹는[멍는]	국물[궁물]	깎는[깡는]	키읔만[키응만]
몫몫이[몽목씨]	긁는[긍는]	흙만[흥만]	닫는[단는]
짓는[진 : 는]	옷맵시[온맵씨]	있는[인는]	맞는[만는]
젖멍울[전멍울]	쫓는[쫀는]	꽃망울[꼰망울]	붙는[분는]
놓는[논는]	잡는[잠는]	밥물[밤물]	앞마당[암마당]
밟는[밤 : 는]	읊는[음는]	없는[엄 : 는]	값매다[감매다]

[附註]將兩個單字視為一體來發音時，亦適用此規則。

책 넣는다[챙넌는다]	흙 말리다[흥말리다]	옷 맞추다[온맏추다]
밥 먹는다[밤멍는다]	값 매기다[감매기다]	

第 19 項

終聲「ㅁ、ㅇ」後面連接「ㄹ」時，「ㄹ」發音成[ㄴ]。

담력[담 : 녁]	침략[침냑]	강릉[강능]	항로[항 : 노]
대통령[대 : 통녕]			

[附註]連結在終聲「ㄱ、ㅂ」後面的「ㄹ」亦發音成[ㄴ]。

막론[막논→망논]	백리[백니→뱅니]	협력[협녁→혐녁]	십리[십니→심니]

第 20 項

「ㄴ」在「ㄹ」的前面或是後面時皆發音成[ㄹ]。

(1)난로[날 : 로]　　　　　　신라[실라]　　　　　　천리[철리]

　　광한루[광 : 할루]　　　대관령[대 : 괄령]

(2)칼날[칼랄]　　　　　　　물난리[물랄리]　　　　줄넘기[줄럼끼]

　　할는지[할른지]

[附註]初聲「ㄴ」連接在「ㅀ」、「ㄾ」後面時亦同。

　　닳는[달른]　　　　　　　뚫는[뚤른]　　　　　　핥네[할레]

但，下列單字的「ㄹ」則發音成[ㄴ]。

의견란[의 : 견난]　　　　　임진란[임 : 진난]　　　　생산량[생산냥]

결단력[결딴녁]　　　　　　공권력[공꿘녁]　　　　　동원령[동 : 원녕]

상견례[상견녜]　　　　　　횡단로[횡단노]　　　　　이원론[이 : 원논]

입원료[이붠뇨]　　　　　　구근류[구근뉴]

第 21 項

除上述所舉出的例子之外，不允許其他單字出現子音同化現象。

감기[감 : 기](×[강 : 기])　　　　옷감[옫깜](×[옥깜])

있고[읻꼬](×[익꼬])　　　　　　꽃길[꼳낄](×[꼭낄])

젖먹이[전머기](×[점머기])　　　문법[문뻡](×[뭄뻡])

꽃밭[꼳빧](×[꼽빧])

第 22 項

下列用言的語尾原則上發音成[어]，但亦可發音成[여]。

되어[되어/되여]　　　　　　　　피어[피어/피여]

[附註]「이오、아니오」亦適用此規則，可發音成[이요、아니요]。

第 6 章 硬音化

第 23 項

連結在終聲「ㄱ(ㄲ、ㅋ、ㄳ、ㄺ)、ㄷ(ㅅ、ㅆ、ㅈ、ㅊ、ㅌ)、ㅂ(ㅍ、ㄼ、ㄿ、ㅄ)」
後面的「ㄱ、ㄷ、ㅂ、ㅅ、ㅈ」發音成硬音。

국밥[국빱]	깎다[깍따]	넋받이[넉빠지]
삯돈[삭똔]	닭장[닥짱]	칡범[칙뻠]
뻗대다[뻗때다]	옷고름[옫꼬름]	있던[읻떤]
꽂고[꼳꼬]	꽃다발[꼳따발]	낯설다[낟썰다]
밭갈이[받까리]	솥전[솓쩐]	곱돌[곱똘]
덮개[덥깨]	옆집[엽찝]	넓죽하다[넙쭈카다]
읊조리다[읍쪼리다]	값지다[갑찌다]	

第 24 項

連結在語幹終聲「ㄴ(ㄵ)、ㅁ(ㄻ)」後面的語尾初聲「ㄱ、ㄷ、ㅅ、ㅈ」發音成硬音。

신고[신 : 꼬]	껴안다[껴안따]	앉고[안꼬]	닮고[담 : 꼬]
삼고[삼 : 꼬]	더듬지[더듬찌]	얹다[언따]	젊지[점 : 찌]

但，被動、使役的接尾詞「-기-」不發成硬音。

안기다[안기다]	감기다[감기다]	굶기다[굼기다]	옮기다[옴기다]

第 25 項

在語幹終聲「ㄼ、ㄾ」後面連結的語尾之初聲「ㄱ、ㄷ、ㅅ、ㅈ」發音成硬音。

넓게[널께]	핥다[할따]	훑소[훌쏘]	떫지[떨 : 찌]

第 26 項

漢字語中，連結在「ㄹ」終聲後面之「ㄷ、ㅅ、ㅈ」發音成硬音。

갈등[갈뜽]	발동[발똥]	절도[절또]	말살[말쌀]
불소[불쏘](弗素)	일시[일씨]	갈증[갈쯩]	물질[물찔]
발전[발쩐]	몰상식[몰쌍식]	불세출[불쎄출]	

但，由相同的漢字重疊而成的單字不發硬音。

허허실실[허허실실](虛虛實實)   절절-하다[절절하다](切切-)

第 27 項

連結在冠形詞「-(으)ㄹ」後面的「ㄱ、ㄷ、ㅂ、ㅅ、ㅈ」發音成硬音。

할 것을[할꺼슬]	갈 데가[갈떼가]	할 바를[할빠를]
할 수는[할쑤는]	할 적에[할쩌게]	갈 곳[갈꼳]
할 도리[할또리]	만날 사람[만날싸람]	

但，口語時若有停頓，則以原聲發音。

[附註]以「-(으)ㄹ」開頭的語尾亦適用此規則。

할걸[할껄]	할밖에[할빠께]	할세라[할쎄라]
할수록[할쑤록]	할지라도[할찌라도]	할지언정[할찌언정]
할진대[할찐대]		

第 28 項

標記上雖然沒有標出「ㅅ(사이시옷)」，但若該複合語是含有具備冠形格（連體格）功能的「ㅅ(사이시옷)」時，後面單字的初聲「ㄱ、ㄷ、ㅂ、ㅅ、ㅈ」發音成硬音。

문-고리[문꼬리]	눈-동자[눈똥자]	신-바람[신빠람]
산-새[산쌔]	손-재주[손째주]	길-가[길까]
물-동이[물똥이]	발-바닥[발빠닥]	굴-속[굴 : 쏙]
술-잔[술짠]	바람-결[바람껼]	그믐-달[그믐딸]
아침-밥[아침빱]	잠-자리[잠짜리]	강-가[강까]
초승-달[초승딸]	등-불[등뿔]	창-살[창쌀]
강-줄기[강쭐기]		

第 7 章 音的添加

第 29 項

合成語及衍生語中，當前面的單字或接頭詞的語尾是子音，且後面的單字或接尾詞的第一個音節是「이、야、여、요、유」時，添加「ㄴ」音，發音成[니、냐、녀、뇨、뉴]。

솜-이불[솜 : 니불]	홑-이불[혼니불]	막-일[망닐]
삯-일[상닐]	맨-입[맨닙]	꽃-잎[꼰닙]
내복-약[내 : 봉냑]	한-여름[한녀름]	남존-여비[남존녀비]
신-여성[신녀성]	색-연필[생년필]	직행-열차[지캥녈차]
늑막-염[능망념]	콩-엿[콩녇]	담-요[담 : 뇨]
눈-요기[눈뇨기]	영업-용[영엄뇽]	식용-유[시굥뉴]
국민-윤리[궁민뉼리]	밤-윷[밤 : 뉻]	

但，下列單字可以添加「ㄴ」音，亦可依照原本的標記發音。

이죽-이죽[이중니죽/이주기죽]	야금-야금[야금냐금/야그먀금]
검열[검 : 녈/거 : 멸]	욜랑-욜랑[욜랑뇰랑/욜랑욜랑]
금융[금늉/그뮹]	

[附註1]添加在「ㄹ」終聲後面的「ㄴ」音發成[ㄹ]。

들-일[들 : 릴]	솔-잎[솔립]	설-익다[설릭따]
물-약[물략]	불-여우[불려우]	서울-역[서울력]
물-엿[물렫]	휘발-유[휘발류]	유들-유들[유들류들]

[附註2]將兩個單字視為一體來發音時亦適用此規則。

한 일[한닐]	옷 입다[온닙따]	서른여섯[서른녀섣]
3연대[삼년대]	먹은 엿[머근녇]	할 일[할릴]
잘 입다[잘립따]	스물여섯[스물려섣]	1연대[일련대]
먹을 엿[머글렫]		

但，下列單字不添加「ㄴ(ㄹ)」來發音。

6·25[유기오]	3·1절[사밀쩔]	송별-연[송 : 벼련]	등-용문[등용문]

第 30 項

有「ㅅ(사이시옷)」的單字依照下列規則發音。

1.以「ㄱ、ㄷ、ㅂ、ㅅ、ㅈ」開頭的單字前方有「ㅅ(사이시옷)」時，原則上只有這些子音發成硬音，但亦允許將「ㅅ(사이시옷)」發音成[ㄷ]。

냇가[내 : 까/낻 : 까]　　　　　샛길[새 : 낄/샏 : 낄]

빨랫돌[빨래똘/빨랟똘]　　　　콧등[코뜽/콛뜽]

깃발[기빨/긷빨]　　　　　　　대팻밥[대 : 패빱/대 : 팯빱]

햇살[해쌀/핻쌀]　　　　　　　뱃속[배쏙/밷쏙]

뱃전[배쩐/밷쩐]　　　　　　　고갯짓[고개찓/고갣찓]

2.「ㅅ(사이시옷)」的後面連接「ㄴ、ㅁ」時，則發音成[ㄴ]。

콧날[콛날→콘날]　　　　　　아랫니[아랟니→아랜니]

툇마루[퇻 : 마루→퇸 : 마루]　뱃머리[밷머리→밴머리]

3.「ㅅ(사이시옷)」後面連接「이」時，發音成[ㄴㄴ]。

베갯잇[베갣닏→베갠닏]　　　깻잎[깯닙→깬닙]

나뭇잎[나묻닙→나문닙]　　　도리깻열[도리깯녈→도리깬녈]

뒷윷[뒫 : 늋→뒨 : 늋]

노트장 (자기의 필기를 써 보세요)

| 我的筆記（寫寫看自己的筆記） |

附錄 2、解答

「貳、音韻變化規則」單元

一、母音部分（모음부분）

1. [친구와 야구 경기를 핸는데 저써요]

2. [감자를 쪄서 머그면 마시써요]

3. [저는 골프를 몯 처요]

4. [친구는 배콰저메서 시게하고 꼰무니 원피스를 사써요]

5. [친구에 강아지가 아파서 수이사한테 데려가써요]

6. [저는 펴니저메 자주 가요]

二、連音（연음）

1. [한구 그마글 조아해서 한구거를 배워요]

2. [공워네 어리니들도 마니 이써요]

3. [그 사라메 처딘상이 참 조아써요]

4. [생이리 며 될 며치리에요]

5. [꼬 뒤에 나비가 이써요]

6. [형은 내일 학꾜에 모 돠요]

三、硬音化（경음화）

（一）硬音化 1（경음화 1）：ㄱ、ㄷ、ㅂ + ㄱ、ㄷ、ㅂ、ㅅ、ㅈ
[ㄲ、ㄸ、ㅃ、ㅆ、ㅉ]

1. [학꾜에는 외구 칵쌩들도 마나요]

2. [내이른 날씨가 맑꼬 비가 오지 안켇씀니다]

3. [아버지는 낙씨를 자주 하심니다]

4. [생낙찌를 머거 받씀니까]

5. [지호 씨는 한국 싸라미고 미영 씨는 대만 싸라미에요]

6. [학꾜 여페는 끋찌비 읻씀니다]

（二）硬音化 2（경음화 2）： ㄴ、ㄵ、ㅁ、ㄻ、ㄿ、ㄼ＋ㄱ、ㄷ、ㅅ、ㅈ
[ㄲ、ㄸ、ㅆ、ㅉ]

1. [어제 산 신바를 신꼬 학꾜에 가써요]

2. [동생은 머리를 감꼬 말리지도 안코 그냥 나가써요]

3. [여동생은 맨날 베개를 안꼬 자요]

4. [아침 식싸가 중요하니까 굼찌 마세요]

5. [고기를 너무 오래 삼찌 마세요]

6. [이제는 점찌 아나요]

（三）硬音化 3（경음화 3）： ㄹ / 을 / 울 / 일＋ㄱ、ㄷ、ㅂ、ㅅ、ㅈ
[ㄲ、ㄸ、ㅃ、ㅆ、ㅉ]

1. [저는 한구거를 할 쑤 이써요]

2. [친구는 한구거를 할 쭐 몰라요]

3. [내이른 쇼핑하러 갈 꺼예요]

4. [한구근 구경할 떼가 참 마나요]

5. [이번 시허믄 어렵찌 아늘 꺼예요]

6. [내일 만날 싸라믄 수미 씨예요]

（四）硬音化 4（경음화 4）：固有語

1. [비빔빠블 조아하세요]

2. [안빵이 아주 커요]

3. [강빠라미 시원하고 조아요]

4. [빵찌베서 아르바이트를 해서 용또늘 버러요]

5. [할머니는 안빵에서 텔레비저늘 보심니다]

6. [물꼬기가 참 예쁘네요]

附錄
2

解
答

3. 其他

1. [태꿘도는 몇 딴까지 이써요]

2. [수현 씨는 태꿘도를 아주 잘한대요]

3. [요새 태꿘도 배우는 사라미 만타면서요]

4. [유미 씨도 김빠블 조아하세요]

5. [김빠블 만들 쑤 이쓰세요]

6. [김빱또 여러 가지가 인는데요]

（五）硬音化 5（경음화 5）：漢字語

1. [물까가 마니 올라써요]

2. [한짜는 쓰기가 조금 어렵씀니다]

3. [여꿰늘 보여 주세요]

4. [사용뻐블 모르면 설명서를 보세요]

5. [강디니엘 씨는 인끼가 마나요]

6. [면허쯩은 일찌만 운저늘 잘 모태요]

（六）硬音化 6（경음화 6）： ㄳ、ㅄ、ㄺ遇到母音，母音音變為 [ㅆ]

1. [너무 외골쓰로만 생가카지 마세요]

2. [이건 정민 씨 목씨에요]

3. [그 빵은 갑씨 비싸고 마덥써요]

4. [제 친구는 시려늘 당한 뒤 맨날 넉씨 빠진 모스비에요]

5. [오늘 시가니 업쓰면 내일 만납씨다]

6. [일하는 시가느로 보면 삭씨 조은 펴니에요]

（七）硬音化 7（경음화 7）：其他硬音化

1. [여덜 씨에 드라마를 보고 열 씨에 자요]

2. [아이스 아메리카노 열 짠 주세요]

3. [자꾸 열쐬를 이러버리면 안 돼요]

4. [한구근 예쁜 녈쐬고리가 참 만씀니다]

5. [주차장에 차가 열 때 이써요]

6. [이 영화가 재미이써서 열 뻔 봐써요]

四、鼻音化（비음화）

（一）鼻音化 1（비음화 1）：ㅂ + ㄴ / ㅁ
[ㅁ]

1. [내일 시가니 엄는 사라믄 아 놔도 팬찬씀니다]
2. [심마 뉘늘 버럳씀니다]
3. [방법만 알면 돼요]
4. [암머리를 약깐 다드머 주세요]
5. [지그믄 유워림니다]
6. [김빱만 머거써요]

（二）鼻音化 2（비음화 2）：ㄷ + ㄴ / ㅁ
[ㄴ]

1. [할머니가 엔날리야기를 자주 해 주심니다]
2. [수어비 끈나는 대로 지베 갈 꺼예요]
3. [꼰무니 원피스를 한 벌 산씀니다]
4. [윤노리는 어떠케 노라요]
5. [철수와 영히는 천누네 반한 거래요]
6. [만는 거슬 고르십씨오]

（三）鼻音化 3（비음화 3）：ㄱ + ㄴ / ㅁ
[ㅇ]

1. [요즈믄 궁내 여행만 할 쑤 읻씀니다]
2. [지금 잉는 채기 재미인나요]
3. [어제 이른 기엉나지 아나요]
4. [어머니는 음싱 만드는 거슬 조아하심니다]
5. [몽말라서 아이스 아메리카노를 마셔써요]
6. [주마레 가치 방물과네 갈까요]

（四）鼻音化 4（비음화 4）：ㄹ、ㄴ除外的終聲 + ㄹ
[ㄴ]

1. [시럼뉴리 노프므로 정부에 대챙 마려니 시그팜니다]

2. [생산냥을 늘리기 위해서 새 제도를 도이팯씀니다]

3. [주식 퐁나그로 마는 타겨글 줄 꺼스로 보임니다]

4. [친구가 범뉼 사무소를 차려써요]

5. [뮐 머그면 기엉녁 향상에 도우미 될까요]

6. [며넝녀글 노펴야 병에 잘 걸리지 아나요]

五、流音化（유음화）

（一）流音化 1（유음화 1）：ㄹ、ㄼ、ㄾ + ㄴ
[ㄹ]

1. [친구가 규를 열레 개 사 와써요]

2. [실래 온도는 이십칠 도로 유지해 주세요]

3. [물랭며는 비빔냉면보다 덜 매워요]

4. [일 련 저네 대구에 가 봗씀니다]

5. [발램새가 너무 심하게 나네요]

6. [다음 주에 온 가조기 가치 들로리를 갈 꺼예요]

（二）流音化 2（유음화 2）：ㄴ + ㄹ
[ㄹ]

1. [궐려글 함부로 쓰면 안 됨니다]

2. [너무 추워서 날로를 하나 사려고 해요]

3. [할라사니 아주 아름답따면서요]

4. [괄리비는 언제까지 내야 됨니까]

5. [근처에 펴니저미 이써서 펼리해요]

6. [불량이 너무 마나서 다 몬 머거써요]

六、有氣音化、縮約及脫落（유기음화 , 축약 및 탈락）

（一）有氣音化 1（유기음화 1）：A 及 V ㅎ、ㄶ、ㅀ + ㄷ、ㄱ、ㅈ
[✕] [ㅌ、ㅋ、ㅊ]

1. [지가블 지베 노코 와써요]

2. [수미 씨는 성격또 조코 예쁨니다]

3. [그 친구는 열락또 안 다코 소식또 업써요]

4. [바쁘신데도 이러케 와 주셔서 감사함니다]

5. [이 체리는 빨가코 담니다]

6. [경녀글 싸타 보면 취업또 더 수월해질 꺼예요]

（二）有氣音化 2（유기음화 2）：ㄱ、ㄷ、ㅂ、ㅈ＋ㅎ
[　　×　　] [ㅋ、ㅌ、ㅍ、ㅊ]

1. [배콰저믄 멷 씨에 무늘 여러요]

2. [명동에 가려면 며 토서늘 타야 해요]

3. [한구거는 어느 부부니 트키 어렴나요]

4. [한구거 수어븐 언제부터 시자캄니까]

5. [엄마가 아이를 의자에 안처써요]

6. [버미니 자편때요]

七、「ㅎ」的發音（'ㅎ'의 발음）

（一）「ㅎ」的發音 1（'ㅎ'의 발음 1）：ㅎ、ㄶ、ㅀ（弱化不發音）＋母音（初聲為「ㅇ」）

1. [이 그리믄 어디에 거러 노을까요]

2. [라며늘 끄리고 이써요]

3. [누니 마니 싸여써요]

4. [지가블 이러버려서 지금 찬꼬 이써요]

5. [김치찌개가 좀 매운데 괜차나요]

6. [비싸지 아는 가방을 사고 시퍼요]

（二）「ㅎ」的發音 2（'ㅎ'의 발음 2）：ㅎ、ㄶ、ㅀ（弱化不發音）＋ㅅ
[ㅆ]

1. [지우 씨는 항상 수미 씨 여페 인찌 안씀니다]

2. [사과는 만씀니다만 딸기는 업씀니다]

3. [그 이른 하기 실씀니다만 해야 됨니다]

4. [이 핸드포는 매우 조씀니다]

5. [발쌍은 조씀니다만 좀 더 고려해 보지요]

6. [여기는 춥찌 안씀니다]

（三）「ㅎ」的發音3（'ㅎ'의 발음3）：ㅎ＋ㄴ
[ㄴ]

1. [정우 씨와 열라기 단는 대로 알려 주세요]

2. [이 오슨 너무 빨간네요]

3. [하느리 아주 파란네요]

4. [수미 씨는 누니 예쁘고 동그란네요]

5. [이 향수는 냄새가 참 존네요]

6. [이 세탁끼는 별로 안 존네요]

八、口蓋音化（구개음화）

1. [구지 그러케까지 할 피료가 업써요]

2. [한구게서 해도지 본 저기 읻씀니까]

3. [바까치 왜 이러케 시끄러워요]

4. [엘리베이터에 가치면 위험해요]

5. [바치 참 크네요]

6. [하노게서 여다지무늘 볼 쑤 이써요]

九、「ㄴ」添加（'ㄴ'첨가）

1. [서울려근 어떠케 가나요]

2. [할 리리 너무 마나서 주마레도 쉬지 모태써요]

3. [소동냐글 좀 사 왇씀니다]

4. [갠니플 조아하심니까]

5. [슬픈 니야기는 그만합씨다]

6. [휘발류 가겨기 마니 올란네요]

「叁、音韻變化實戰練習」單元

實戰 1 아버지와 아들과 당나귀 **爸爸和兒子和驢子**

어느 날씨 좋은 날,
[어느 날씨 조은 날]

아버지와 아들이 장터로 당나귀를 팔러 가고 있었다.
[아버지와 아드리 장터로 당나귀를 팔러 가고 이썬따]

아버지는 당나귀를 타고, 아들은 그 뒤를 따라 걸었다.
[아버지는 당나귀를 타고 아드른 그 뒤를 따라 거런따]

길을 가던 그들은 어떤 아주머니를 만났다.
[기를 가던 그드른 어떤 아주머니를 만낟따]

"아니, 왜 아버지는 당나귀를 타고 어린 아들은 걸어가는 거지?
[아니   왜 아버지는 당나귀를 타고 어리 나드른 거러가는 거지]

아버지가 참 인정머리 없군." 그 말을 들은 아버지는 아들을 당나귀에
[아버지가 참 인정머리 업꾼   그 마를 드른 아버지는 아드를 당나귀에]

태우고, 자신은 걸어갔다.
[태우고 자시는 거러간따]

그들은 또 얼마 안 가서 젊은이를 만났다.
[그드른 또 얼마 안 가서 절므니를 만낟따]

"왜 아버지는 힘들게 걸어가는데 아들은 편하게 당나귀를 타고 가지?
[왜 아버지는 힘들게 거러가는데 아드른 편하게 당나귀를 타고 가지]

아들이 참 버릇없군." 그래서 아버지와 아들은 함께 당나귀를 탔다.
[아드리 참 버르덥꾼   그래서 아버지와 아드른 함께 당나귀를 탇따]

한참 가다가 이번에는 농부를 만났다.
[한참 가다가 이버네는 농부를 만낟따]

"아니, 이런 못된 사람들이 있나. 작고 어린 당나귀 등에 두 사람이 타면
[아니 이런 몯뙨 사람드리 인나   작꼬 어린 당나귀 등에 두 사라미 타면]

당나귀가 얼마나 힘들겠어?"
[당나귀가 얼마나 힘들게써]

그 말을 들은 아버지와 아들은 당나귀에서 내려 함께 걸어갔다.
[그 마를 드른 아버지와 아드른 당나귀에서 내려 함께 거러간따]

그렇게 얼마쯤 가다가 어떤 할아버지를 만났다.
[그러케 얼마쯤 가다가 어떤 하라버지를 만낟따]

"참 이상한 사람들이군! 당나귀가 있는데도 타지 않다니. 당나귀가 그렇게
[참 이상한 사람드리군   당나귀가 인는데도 타지 안타니   당나귀가 그러케]

불쌍하면 차라리 메고 가지 !"

[불쌍하면 차라리 메고 가지]

그 말을 들은 아버지와 아들은 당나귀 다리를 긴 막대에 묶어 어깨에 메고 갔다 .

[그 마를 드른 아버지와 아드른 당나귀 다리를 긴 막때에 무꺼 어깨에 메고 간따]

두 사람은 땀을 뻘뻘 흘리며 비틀거렸다 .

[두 사라믄 따믈 뻘뻘 흘리며 비틀거련따

그런데 다리를 건널 때 당나귀가 발버둥을 치자 장대가 부러지고 말았다 .

[그런데 다리를 건널 때 당나귀가 발버둥을 치자 장때가 부러지고 마란따]

그 바람에 당나귀는 다리 밑 개울로 풍덩 빠져 버렸다 .

[그 바라메 당나귀는 다리 밑 개울로 풍덩 빠져 버련따]

實戰 2 통신 기술 발달과 소통 通訊技術之發達與溝通

현대 사회는 통신 기술도 매우 발달해서 이전에 비해 다양한 방식으로 보다
[현대 사회는 통신 기술도 매우 발딸해서 이전에 비해 다양한 방시그로 보다]

더 빠르게 메시지를 주고받을 수 있게 되었지요 . 컴퓨터는 물론 핸드폰 기능도
[더 빠르게 메시지를 주고바들 쑤 인께 되얻찌요   컴퓨터는 물론 핸드폰 기능도]

매우 향상되었고요 . 하지만 세상이 이렇게 편해졌다지만 현대인들이 사람들과의
[매우 향상되얻꼬요   하지만 세상이 이러케 편해젿따지만 현대인드리 사람들과에]

소통은 과연 어떨까요 ? 충분히 소통하고 있을까요 ?
[소통은 과연 어떨까요   충분히 소통하고 이쓸까요]

오히려 반비례로 되지 않았을까요 ? 대부분의 사람은 소통이 적어진 데다가
[오히려 반비례로 되지 아나쓸까요   대부부네 사라믄 소통이 저거진 데다가]

소통의 질도 예전에 비해 많이 나빠졌다고 하는데요 . 어쩌면 진정한 소통을 못
[소통에 질도 예저네 비해 마니 나빠젿따고 하는데요   어쩌면 진정한 소통을 모]

한 지 꽤 오래된 사람들도 적지 않을 것이고 심지어 진정한 소통의 방식조차
[탄 지 꽤 오래된 사람들도 적찌 아늘 꺼시고 심지어 진정한 소통에 방식조차]

잊어버려 가고 있을지도 모르지요 . 오늘부터라도 좋으니 주변
[이저버려 가고 이쓸찌도 모르지요   오늘부터라도 조으니 주변]

사람들과 조금이라도 더 많은 대화를 나눠 보시는 건 어떨까요 ?
[사람들과 조금이라도 더 마는 대화를 나눠 보시는 건 어떨까요]

實戰 3 미나의 소개 美娜的介紹

안녕하세요 ? 저는 미나라고 해요 . 저는 대만 사람이고 한국 문화와 한국 노래 ,
[안녕하세요   저는 미나라고 해요   저는 대만 싸라미고 한궁 문화와 한궁 노래]

영화 , 드라마 , 한국어 , 한국 음식 등에 관심이 있어서 한국어를 배우게 되었는데요 .
[영화   드라마   한구거   한구 금식 뜽에 관시미 이써서 한구거를 배우게 되언는데요]

처음에는 그저 한국이 좋아서 취미로 배우기 시작했지만 , 지금까지 꾸준히
[처으메는 그저 한구기 조아서 취미로 배우기 시자캗찌만   지금까지 꾸준히]

배우다 보니 한국어 실력도 많이 늘어났고 기본적인 의사소통은 물론이고
[배우다 보니 한구거 실력또 마니 느러낟꼬 기본저긴 의사소통은 물로니고]

다른 꿈들도 생겼어요 . 그건 바로 한국어 실력을 발휘해서 적성에 맞는 일자리를
[다른 꿈들도 생겨써요   그건 바로 한구거 실려글 발휘해서 적썽에 만는 일짜리를]

구해 보고 싶다는 거였어요 . 한국어에 능통하면 여러 가지 일을 할 수 있더라고요 .
[구해 보고 십따는 거여써요   한구거에 능통하면 여러 가지 이를 할 쑤 읻떠라고요]

회사 여러 관련 부서에서 일할 수도 있고 한국어 교육이나 통 · 번역 등 분야에서도
[회사 여러 괄련 부서에서 일할 쑤도 읻꼬 한구거 교유기나 통   버녁 뜽 부냐에서도]

실력을 발휘할 수 있으니까요 . 저는 지금 한국 회사에 다니고 있는데
[실려글 발휘할 쑤 이쓰니까요   저는 지금 한구 쾨사에 다니고 인는데]

한국어를 꾸준히 배우고 있어요 . 한국어는 배울수록 재미있어요 .
[한구거를 꾸준히 배우고 이써요   한구거는 배울쑤록 재미이써요]

이야말로 일석이조지요 . 여러분도 한번 배워 보세요 .
[이야말로 일써기조지요   여러분도 한번 배워 보세요]

附錄 2 解答

國家圖書館出版品預行編目資料

韓國語，一學就上手！〈發音及音韻變化篇〉/ 張莉荃著（Angela）
-- 初版 -- 臺北市：瑞蘭國際, 2021.04
168面；19×26公分 --（外語學習系列；90）
ISBN：978-986-5560-10-2（平裝）
1.韓語 2.發音

803.24   110001894

外語學習系列 90

韓國語，一學就上手！〈發音及音韻變化篇〉

作者｜張莉荃（Angela）
責任編輯｜潘治婷、王愿琦
校對｜張莉荃（Angela）、潘治婷、王愿琦

韓語錄音｜吉政俊、鄭美善
錄音室｜采漾錄音製作有限公司
封面設計、版型設計｜劉麗雪、陳如琪
內文排版｜陳如琪
美術插畫｜林士偉

瑞蘭國際出版

董事長｜張暖彗・社長兼總編輯｜王愿琦
編輯部
副總編輯｜葉仲芸・副主編｜潘治婷・副主編｜鄧元婷
設計部主任｜陳如琪
業務部
副理｜楊米琪・組長｜林湲洵・組長｜張毓庭

出版社｜瑞蘭國際有限公司・地址｜台北市大安區安和路一段 104 號 7 樓之 1
電話｜(02)2700-4625・傳真｜(02)2700-4622・訂購專線｜(02)2700-4625
劃撥帳號｜19914152 瑞蘭國際有限公司
瑞蘭國際網路書城｜www.genki-japan.com.tw

法律顧問｜海灣國際法律事務所　呂錦峯律師

總經銷｜聯合發行股份有限公司・電話｜(02)2917-8022、2917-8042
傳真｜(02)2915-6275、2915-7212・印刷｜科億印刷股份有限公司
出版日期｜2021 年 04 月初版 1 刷・定價｜360 元・ISBN｜978-986-5560-10-2